Kompaß-Bücherei · Band 370

Wochenende, ein warmer Sommertag, und Claire und Wolf – verliebt natürlich – sind unterwegs nach Rheinsberg, um einmal richtig das Leben genießen zu können … Sie spielen Ehepaar, nehmen sich und die anderen nicht ganz ernst, sind unbeschwert und froh – und als es am schönsten ist, müssen sie zurück nach Berlin in die große Stadt, „in der es wieder Mühen für sie gab, graue Tage und sehnsüchtige Telefongespräche, verschwiegene Nachmittage, Arbeit und das ganze Glück ihrer großen Liebe".

Ähnlich die zweite Geschichte. Nur heißen die beiden hier Lydia und Peter – oder Fritz? Das weiß er selbst nicht so genau, und das Paradies ihrer zwei Sommerwochen liegt ferner, nämlich in Schweden und heißt Schloß Gripsholm.

Kurt Tucholsky

Rheinsberg

Ein Bilderbuch für Verliebte

Schloß Gripsholm

Eine Sommergeschichte

Verlag Neues Leben Berlin

Illustrationen von Eberhard Neumann

ISBN 3-355-00730-7

Lizenz Nr. 303(305/143/88)
LSV 7601
Umschlag: Eberhard Neumann
Typografie: Ingrid Engmann
Schrift: 9 p Timeless
Gesamtherstellung: GG Völkerfreundschaft Dresden
Bestell-Nr. 6444918
00180

Rheinsberg

Ein Bilderbuch für Verliebte

Unseren lieben Frauen
M. W. K. F. C. P.

... das beginnt nach der Liebeserfüllung; nicht vorher. Da entfalten die Seelen ihre volle Stärke, nicht vorher. Da geht der Kampf in volle Rüstung, nicht vorher. Da stehen die Charaktere auf gleichem Feld, nicht vorher. Da sind die Schranken zwischen zwei Menschen dahin, nicht vorher.

Alfred Kerr

Müde und bekränzt streckt sich der Sommer ins Gras.

Heinrich Mann

Seinen eigentlichen Anfang nahm das Abenteuer erst, als sie in Löwenberg ausstiegen. Der D-Zug ruhte lange und dunkel in der Halle unter dem Holzdach – sie durchschritten einen Tunnel, oben, in hellem Sonnenlicht, stand die Kleinbahn, wie aus Holz gefügt, steif und verspielt.
Sie stiegen ein.
„Claire?"
„Wolfgang?"
„Diese Bahn scheint noch lange hier zu stehen ... machen wir einen kleinen Spaziergang?"
„Setz dich hin und falte die Hände! Sie geht gleich ab."
Der Zug ruckte und ruckelte sich gemächlich durch Salatgärten, Hofmauern. Der Horizont flimmerte blendend weiß ... War es eine Schönheit, diese Landschaft? – Nein: da standen Baumgruppen, durch nichts ausgezeichnet, das Land wurde wellig in der Ferne, versteckte ein Wäldchen und zeigte ein anderes – man freute sich im Grunde, daß alles da war ... Das Maschinchen schnob und klingelte zornig, durch den staubigen Rauch hindurch klingelte es melodisch, wie eine läutende Kirchturmglocke bei Sturm.
„Wolf, den Reiseführer!"
Sie hatten ihn im D-Zug liegengelassen – er hatte ihn im D-Zug liegengelassen.
Sie hielten, mitten im Walde, auf der Strecke. Die Köpfe heraus; die Beamten waren zurückgelaufen, hatten Schaufeln mitgenommen: die Lokomotive mußte Funken ausgeworfen haben, ein kleiner Brand war entstanden ...
„Ich will mitlöschen!"

Er kugelte den sandigen Abhang herunter; die Reisenden lachten. Oben stand Claire und verdrehte die Augen.
„Du mußt ja ...!"
Er kam zurück, ganz bestaubt, lächelnd, glücklich. Er hatte sich wieder einmal betätigt. Die Beamten kamen, stiegen auf, der Zug ruckte an ...
„Eigentlich ..."
„Na?"
„Ich finde es heiter. Denk mal, mein Papa und meine Mama sitzen jetzt im Kontor, fahren in der Stadt herum und glauben ihr Töchterchen wohlgeborgen im Schoße der treusorgenden Freundin. Hingegen ..."
„Hingegen ...?"
„Na ja, treusorgen sorgst du ja für mich ..."
Der Jäger nebenan hatte schon lange in sich hineingelacht. Er saß da, grün, bepackt, schwer und braungebrannt. Man hatte, wenn man ihn sah, die Empfindung von ganz frühen, feuchten Morgen, ein Mann tappt durch den halbdunklen Wald, es riecht kräftig und gut ... Das kleine, runde Loch der Büchse guckte unheilverkündend, schwarz und dunkel in die Luft: kleine Kugeln werden herausfliegen, das Reh, auf das es morgen gerichtet wird, lief vielleicht jetzt gerade mit seinen Gefährten zur Quelle, trank und war zierlich im Walde verschwunden ... Der Jäger stand auf, stopfte sich eine Pfeife und sagte beim Herausgehen: „Schonzeit, junger Mann, Schonzeit!" – und trampfte lachend davon.
Das Coupé war erfüllt von ihrem Schreien, das die rumpelnden und klirrenden Geräusche übertönen sollte.
Man verständigte sich nur schwer:
„... Sonne weit über das Land ..."
„... wie? Sonne reit über das Land? ..."
„... nein ... Sonne weeiit ... Land ... Seh mal: 'ne Akazie! 'ne blühende Akazie, lauter blühende Akazien!"
„Is gar keine, is 'ne Magnolie!"
„Hach! Also wer weiß denn von uns beiden in der Botanik Bescheid? Ich oder ich?"
„'ne Magnolie is es."
„Meine Liebe, ich müßte bedauern, es mit einen kräftig geführten Schlag gegen Sie nicht bewenden lassen zu können.

Alle Wesensmerkmale der Akazie deuten auch bei diesen Bäumen auf eine solche hin."
„Is aber 'ne Magnolie."
„Herr Gott, Claire! Siehst du denn nicht diese typisch ovalen Blätter, die weißen, kleinen traubenförmigen Blütenstiele! – Mädchen!"
„Aber … Wölfchen … wo es doch 'ne Magnolie is …"
Sie erstickte in Küssen.
Dann galt es noch eine Bauersfrau nachzuahmen, die auf der letzten Station hochgeschürzt und breitbeinig stehengeblieben war, um sich vermittels ihres zweiten Unterrocks zu schneuzen. Claire erwies sich hierbei als geschickt und brauchbar.
Endlich kamen sie aber doch an.
Es zeigte sich, daß das Hotel, das sich schon durch einen Anschlag im Zuge als altbekannt und mit einer gepflegten Küche versehen angepriesen hatte, durch einen Wagen, zwei Pferde und einen Bediensteten vertreten war. Dieser Mann mußte die Gepäckstücke holen, die man in Berlin sorgfältig aufgegeben hatte: zwei winzig kleine Köfferchen. Sie wurden verladen; die Reisenden stiegen ein. Sie rutschten auf den schwarzen, hier und da ein wenig aufgeplatzten Wachstuchkissen der Sitze herum; die Fenster klirrten, die beiden machten sich durch weitausladende Handbewegungen verständlich. Der Wagen war leer, die Chaussee staubig und öde. Einige hundert Meter saßen sie manierlich, aber schon an der Ecke, die das Anwesen des Gütlers Johannes Lauterbach und das der Post bilden, lagen sie in lautem Hader, wessen Koffer durch seine Kleinheit am meisten Verdacht erregen werde. Sie nannten diese Reisegegenstände „Segelschweine", und die Claire rang die Hände, Wolf sei ein Schandfleck. Sie, ihrerseits, wahre das Dekorum. Sie schwatzten fortwährend, die Claire am heftigsten. Ihr Deutsch war ein wenig aus der Art geschlagen. Sie hatte sich da eine Sprache zurechtgemacht, die im Prinzip an das Idiom erinnerte, in dem kleine Kinder ihre ersten lautlichen Verbindungen mit der Außenwelt herzustellen suchen; sie wirbelte die Worte so lange herum, bis sie halb unkenntlich geworden waren, ließ hier ein „T" aus, fügte da ein „S" ein, vertauschte alle Artikel, und man wußte nie, ob es ihr be-

liebte, sich über die Unzulänglichkeit einer Phrase oder über die anderen lustig zu machen. Daß sie Medizinerin war, wie sie zu sein vorgab, war kaum glaubhaft, jedoch mit der Wahrheit übereinstimmend. Sie spielte immer, gab stets irgendeiner lebenden oder erdachten Gestalt für einige Augenblicke Wirklichkeit ...

Der Wagen hielt. Während sie ausstiegen:

„Paß auf, Frauchen, wo ist der Koffer mit dem falschen Geld? – Ah da ...“

Der Hausknecht ließ den Mund weit offen stehen, sperrte die Augen auf ...

Freundlich geleitete sie der alte Wirt in ein Zimmer des ersten Stockwerks. Es war kahl, einfach, blumig tapeziert. Holzbetten standen darin, ein großer Waschtisch, eine Vase mit einem künstlichen Blumenstrauß – an der Wand hingen zwei Pendants: ‚Eroberung Englands durch die Normannen‘, und in gleichartigem Rahmen und symmetrisch aufgehängt ‚Großpapachens 70. Geburtstag‘. Die Tür schloß sich, sie waren allein.

„Claire?“

„Wolfgang?“

„Jetzt weiß ich nicht, sollte ich den Kofferschlüssel zu Hause vergessen haben ...?“

„My honey-suckle“, und sie drückte ihm einen heftigen Kuß auf den Mund, während ihr Gesicht rachsüchtig und boshaft erglänzte und stieß ihn von sich:

„Och, der kleine Jungchen muß ja alles vergess – psch, psch, psch ...“ Und man wußte nicht, ob diese Töne eine wiegende Mutter nachahmten oder ganz etwas anderes.

„Pack aus, mein Hulle-Pulle!“ –

Schwer seufzend packten sie aus, räumten ein.

„Ja, ich bin nu so weit. Jetzt frisiere ich mich, und denn gehe ich spaziers. Un du?“

„Das überlasse du nur mir; es wird dir dann seinerzeit das Nötige mitgeteilt werden.“

Der Stil war im großen und ganzen einheitlich verzerrt. Sie sagten sich häufig Dinge, die nicht recht zueinander paßten, nur um diese oder jene Redewendung anbringen zu können, den andern zu irritieren, sein Gleichgewicht zu erschüttern ... Sie gingen herunter ... –

Da war der Marktplatz, der mit alten, sehr niedrigen Bäumen bepflanzt war, schattig und still lag er da. Sie schritten durch ein schmiedeeisernes Tor in den Park. Hier war es ruhig. In dem einfachen weißen Bau des Schlosses klopfte ein Handwerker. Sie gingen durch den Hof wieder in den Park, wieder in die Stille ...
Noch brausten und dröhnten in ihnen die Geräusche der großen Stadt, der Straßenbahnen, Gespräche waren noch nicht verhallt, der Lärm der Herfahrt ... der Lärm ihres täglichen Lebens, den sie nicht mehr hörten, den die Nerven aber doch zu überwinden hatten, der eine bestimmte Menge Lebensenergie wegnahm, ohne daß man es merkte ... Aber hier war es nun still, die Ruhe wirkte lähmend, wie wenn ein regelmäßiges, langgewohntes Geräusch plötzlich abgestellt wird. Lange sprachen sie nicht, ließen sich beruhigen von den schattigen Wegen, der stillen Fläche des Sees, den Bäumen ... Wie alle Großstädter bewunderten sie maßlos einen einfachen Strauch, überschätzten seine Schönheit, und ohne das Praktische aller sie umgebenden ländlichen Verhältnisse zu ahnen, sahen sie die Dinge vielleicht ebenso einseitig an wie der Bauer – nur von der anderen Seite. Nun, hier in Rheinsberg erforderten die Gegenstände nicht allzuviel praktische Kenntnis, man war ja nicht auf einem Gut, das bewirtschaftet werden sollte. – Sie kamen an den Rand eines zweiten Sees, an eine Bank. Stille ...
„Wolfgang?"
„Claire?"
„Glaubssu, daß es hier Bärens gibs? Eine alte Tante von mir is beinah mal von einem ..."
„... von einem Bären zerrissen worden?"
„Nein." Sie war ganz empört. „Habe ich das gesagt? – Ich meinte nur ... Aber, du – beschützs mich doch, ja?"
„Ich schwöre dir ..."
„Hm."
Wieder war es sehr still. Die Claire saß da und sah sehr bestimmt in das schmutzig-grüne Wasser.
„Also paß mal auf. Warum ist hier nicht überall der zweite Friedrich? So wie er in Sanssouci überall ist. Auf jedem geharkten Weg, an jedem Boskett, hinter jeder Statue? – Hier hat er gelebt. Wüßtest du es nicht, würdest du es merken?"

„Nein. Vielleicht muß man älter, machtvoller sein, um die Welt um sich zu formen nach seinem Ebenbilde ... Wer ist heute so, wie der Alte war? Sehen unsere Wohungen aus, wie wenn sie nur und ausschließlich dem Besitzer gehören könnten? ... Ein Specht, siehst du, ein Specht."
„Wölfchen, es ist kein Specht. Es ist eine Schleiereule."
Er stand auf. Mit Betonung:
„Ich habe ein außerordentlich feines Empfinden dafür, ich vermute, du bist gewillt, dich über mich lustig zu machen. Wird diese Vermutung zur Gewißheit, so schlage ich dich nieder."
Ihr Gelächter klang weit durch die Fichten.

Das Schloß! – Das Schloß mußte besichtigt werden. Man schritt hallend in den Hof und zog an einer Messingstange mit weißem Porzellangriff. Eine kleine Glocke schepperte. Ein Fenster klappte: „Gleich!" – Eine Tür oberhalb der kleinen Stiege öffnete sich, und es kam nichts, und dann tappte es, und dann schob sich der massige Kastellan in den Hof. Als er der Herrschaften ansichtig wurde, tat er etwas Überraschendes. Er stellte sich vor. „Mein Name ist Herr Adler! Ich bin hier der Kastellan." Man dankte geehrt und präsentierte sich als Ehepaar Gambetta aus Lindenau. Historische Erinnerungen schienen den dicken Mann zu bewegen, seine Lippen zuckten, aber er schwieg. Dann:
„Nu kommen Sie man hier hinten rum – da ist es am nächsten."
Und schloß eine bohlene Tür auf, die in einen dunklen Steinaufgang hineinführte. Sie kletterten eine steile Treppe mühsam herauf. Oben, in einem ehemaligen Vorzimmer, lagen braune Filzschuhe auf dem Boden, verstreut, in allen Größen für groß und klein, zwanzig, dreißig – man mochte an irgendein Märchen denken, vielleicht hatte sie eine Fee hierher verschüttet, oder ein Wunschtopf hatte wieder einmal versagt und war übergelaufen ...
Die Claire behauptete: So kleine gäbe es gar nicht. –
„Ih", sagte Herr Adler, „immer da rein; wenn sie auch ein bißchen kippeln, des tut nichts."
Er aber war nicht genötigt, solche Schuhe anzuziehen, weil er von Natur Filzpantoffeln trug.

Die Zimmer, durch die er sie führte, waren karg und enthaltsam eingerichtet. Steif und ausgerichtet standen Stühle an den Wänden aufgebaut. Es fehlte jene leise Unregelmäßigkeit, die einen Raum erst wohnlich erscheinen läßt, hier stand alles in rechtem Winkel zueinander ... Herr Adler erklärte:
„... und düs hier sei das sogenannte Prinzenzimmer, und in diesem Korbe habe das Windspiel geschlafen. Das Windspiel – man wisse doch hoffentlich ...?
„Zu denken, Claire, daß auch durch deine Räume einst Liebende der Führer mit beredtem Munde leitet ..."
„Gott sei Dank! Konnt er ja! Bei uns war es piekfein."
Und dann sagte Herr Adler, dies seien chinesische Vasen, und dieselben hätte der junge Graf Schleuben von seiner Asienreise mitgebracht.
Aber hier – man trat in ein anderes höheres Zimmer – hier sei der Gemäldesaal. Die Bilder habe der berühmte Kunstmaler Pesne gemalen, und die Bilder seien so vorzüglich gemalen, daß sie den geehrten Besuchern überallhin mit den Augen folgten. Man solle nur einmal die Probe machen! Herr Adler gab diese Fakten stückweis, wie ein Geheimnis, preis. Es war, als wundere er sich immer, daß seine Worte auf die Besucher keine größere Wirkung machten. – Herrgott, die Claire! – Sie begann den Kastellan zu fragen. Wolfgang wollte sie hindern, aber es war schon zu spät. –
„Sagen Sie mal, Herr Adler, woher wissen Sie denn das alles, das mit dem Schloß und so?"
Herr Adler leitete sein Wissen von seinem Vorgänger, dem Herrn Breitriese, her, der es seinerzeit wieder von dem damaligen Archivar Brackrock habe. –
„Und dann, was ich noch fragen wollte, Herr Adler, hat es hier wohl früher ein Badezimmer gegeben?"
„Nein, aber *wir* haben eins unten, wenn es Sie interessiert ..."
Sie dankten. Herr Adler, der noch zum Schluß auf eine Miniatur, ein Geschenk der Großfürstin Sofie von Rußland, hingewiesen hatte, verfiel plötzlich in abruptes Schweigen. Und erst nachdem das Trinkgeld in seiner Hand klingelte, blickte er zum Fenster hinaus und sagte, ein wenig geistesabwesend: „Dies ist ein ehrwürdiges Schloß. Sie werden die Er-

innerung daran ihr ganzes Leben bewahren. Im Garten ist auch noch die Sonnenuhr sehenswert."
Claire unterließ es nicht, Wolf ein wenig zu kneifen, und an der blumenkohlduftenden Kastellanwohnung vorbei schritten sie hinaus, ins Freie.

Am Nachmittag fuhren sie auf dem See herum. Er ruderte, und sie saß am Steuer, während sie dann und wann drohte, sie werde ihre graue, alte Familie unglücklich machen, sie habe es nunmehr satt und stürze sich ins Wasser. Er werde sowieso bald umwerfen. Nein – sie landeten an einer kleinen Insel. Ein paar Bäume standen darauf. Sie lagerten sich ins Gras ... Ein kühler Wind strich vom See herüber. Die Uferlinien waren unendlich fein geschwungen, die hellblaue Fläche glänzte matt ...
„Sehssu, mein Affgen, das is nu deine Heimat. Sag mal: würdest du für dieselbe in den Tod gehen?"
„Du hast es schriftlich, liebes Weib, daß ich nur für dich in den Tod gehe. Verwirre die Begriffe nicht. Amor patriae ist nicht gleichzusetzen mit der ‚amor' als solcher. Die Gefühle sind andere."
„Nun, ich bescheide mich."
Und, nach einem langen Träumen in den blauen Himmel – er war so hell, so hell, daß die blitzenden Funken vor den Augen tanzten, sah man lange hinein –:
„Wölfchen, du hast noch niemalen eine andere gebliebt, vor mir?"
„Nie!"
Es prickelte, so über die Sehnsucht der Bürger zu spotten, über das, was sie Liebe nannten, über ihre Gier, stets der erste zu sein ... Sie waren beide noch unerfahren.
Stimmen kamen, Ruderboote, Familien, die hier zu einem Picknick landen wollten. Riesige, blecherne Vorratskörbe bedrohten wie Geschütze das Lager der Friedlichen ... Auf und davon! – Mitten im See: „Söh mal, du muß mir auch ma rudern gelaß gehabt haben –! Mich möcht diß auch mal – buh."
„Bitte, rudere!"
Sie wechselten, das Boot schwankte.
Die Claire ruderte. Es war eine Freude. Einmal verlor sie

beide Ruder. Er mußte mit dem Stock rudern. Endlich fingen sie die Hölzer wieder, die weitab auf dem Wasser getrieben hatten.
„Ich kann es sehr schön. Ich konnt ja auch mal ohne Ruder – ja, konnt ich! Lach nich, du Limmel! Hab ich fürleichs nicht recht, na!"
Und ruderte, daß sie prusten und keuchen mußte, wie eine kleine, asthmatische Dampfmaschine. Die Sonne ging schon unter, als sie anlegten.
Er bezahlte. Die Claire schwätzte mit der Bootsverleiherin. Er hörte gerade: „So – also ein kräftiger Menschenschlag ist hier, wie?"
„Tje Fröln, wir vertobaken uns Jungen ja nich schlecht!"
Sie lachten noch, als sie am Hotel waren.
Wie friedlich dieser Abend war; sie saßen unter den niedrigen dunklen Bäumen und warteten auf das Essen.
„Claire?"
„Wolfgang?"
„Mir ist so ..."
„Gut so, mein Junge."
„Nein! Spaß beiseite, mir ist mit dem Magen nicht recht."
„Das ist Cholera. Wart, bis du was zu essen bekommst."
„Nein, hör doch, ich hab so ein Gefühl, so leer, so ..."
„Typisch. Das ist geradezu – bezeichnend ist das. Du stirbs, Wölfchen."
„Die richtige Liebe deinerseits ist das auch nicht! Erst lasse ich dich auf Medizin studieren, und jetzt willst du nich mal durch dein Hörrohr kucken."
„Ach Gott, nicht wahr, was heißt denn hier überhaupt! – Nicht wahr? – Wer denn schließlich ...
Aber sie ging doch mit zur Apotheke, die hellbraun und ganz modern sachlich eingerichtet war; weiße Büchsen und Töpfe aus Porzellan reihten sich auf Borden, ein leichter Baldriangeruch durchzog die Räumlichkeiten. Hier händigte man dem Kranken nach eingehender Rücksprache und leutseligem Reden an den Provisor eine kleine Flasche mit einer dunkelbraunen Flüssigkeit aus. Sie half. Gott sei Dank.
Dann aßen sie, und nach Tisch rauchte die Claire. Drüben am Haus saßen die Herren, die jeder Zugereiste als Honoratioren zu bezeichnen pflegt. Juristen, Beamte, der Apothe-

ker, der durch Bruch des Berufsgeheimnisses mit Hinweis auf die beiden der kleinen Runde fettes Gelächter entlockte.
„Prost, Wolf, auf die Alten!"
Die Gläser klangen, und drüben die Gäste, die in langer Tischreihe am beleuchteten Haus speisten, blickten herüber.
Die Claire blies Ringe.
„Es ist eine maßlose Frechheit", entschied sie.
„Hm?"
„Hierher zu fahren. Wenn das niemand merkt! Aber es merks niemands – paß mal auf, es merks niemand."
„Ne quis animadvertat! Prost."
„Weißt du, lieber reise ich mit einem Flohzirkus wie mit dir."
„Als, Claire, als mit dir."
„Ach Gott, konnste auch besser mir nicht zu bekorrigieren zu gebrauchs gehabs habs! Ich spreche dir das schiere Hochdeutsch!"
„Hm. – Eingeweihte wissen davon Kantaten zu singen. Trinkst du noch was?"
„Ob ich noch wen trinke? – Nö."
„Ich finde, wir gehen noch ein bißchen, hä?"
Sie schlenderten durch den dunklen Ort. Nach langen, schwarzen Häuserstrecken kam eine Bogenlampe, umschwirrt von surrenden braunen Flecken. Insekten, die durchaus in das Licht gelangen wollten.
„Claire?"
„Wölfchen?"
„Die Tiere da oben, siehst du?"
„Ja."
„So auch der Mensch."
Sie blieb stehen.
„Wieso … bitte?"
„Wie jene Lebewes …"
„Bitte – was hier zu symbolisieren is, symbolisier ich mir alleine. Überhaupt mußt du schlafen gehen. Du sprichst ja schon ganz … anders. Soll ich dir aufs Aam nehmen?"
„Buhle!"
An dunklen Fensterläden kamen sie vorbei und an langen Mauern; hinter rötlich beleuchteten Gardinen saßen Fami-

lien und spielten Karten ... Einmal traten sie in einen Hof, stolperten über Pflastersteine und blickten durch ein Fenster in einen Saal.
Drinnen spielten sie Theater.
Von der Bühne sah man nur einen kleinen, gelben, hellen Winkel; aber man hörte alles. „Hoho“, sagte eine überlaute Frauenstimme im Alt, „da werden wir meinen Schwager fragen müssen. Ah, da kommt er ja ...“
Das Publikum schnaufte und zuckte wie eine vielköpfige Bestie im Dunkel. Man sah Schultern sich bewegen, Köpfe sich hin- und herwenden ...
„Himmel, der Fritz“, kreischte jemand auf der Bühne, und die Menge der Theaterbesucher lachte, ihre Köpfe tauchten auf und nieder, man murmelte ...
„Wie merkwürdig“, sagte Wolfgang, „draußen ist es totenstill, der Mond scheint, und hier drinnen spielen sie ein Scheinleben. Und wir kommen hinzu, wissen nichts von den Voraussetzungen des ersten Akts und bleiben ernst.“
Es war still, der hell erleuchtete Winkel der Bühne blieb leer; einer mußte wohl eine zum Lachen reizende Geste gemacht haben, denn jetzt lachten die Frauen hell kreischend, während die Männer beifällig grunzten. Sie beugten sich weiter vor, man konnte undeutlich und durch das Fensterglas verschoben den übrigen Teil der Bühne erkennen, der eine Zimmereinrichtung mit gelber Tapete und gemalten Einrichtungsgegenständen darstellte; ein Mann in grüner Schürze hielt dort oben Zwiesprache mit einer robusten Weibsperson in den Vierzigern. Als Souffleurkasten diente ein alter Strandkorb. Sie hörten die beiden sagen: „So, Er soll hier reinemachen (in der Tat hielt der Mann einen Besen in der Hand), und statt dessen scharwenzt Er mit den Mädels! Paß Er nur auf, Er Liederjan.“ Hier kicherte das Publikum. – „Ich werde ihm die Suppe schon versalzen. Hier und hier und da und da!“
Das Publikum lachte: „Hoho!“ und oben bekam der Mann, der bis dahin mit gutgespielter Teppenhaftigkeit den Kopf beflissenhorchend geneigt hielt, einige patschende Schläge ins Gesicht ... In diesem Augenblick trat ein junges Mädchen auf die Bühne, und hier nahm die Heiterkeit des Publikums einen so beängstigenden Grad an, daß die beiden un-

willkürlich vom Fenster zurückfuhren.
„Der erste Akt!" seufzte er. „Uns fehlt der erste Akt!"
„So ein kleiner Junge, will sich das Theater besehens! Marsch zu Bett!"
Und sie gingen.
Als sie die Treppe hinaufkletterten, hörten sie noch das lachende Lärmen der angeregten Honoratioren.
„Claire, belustigen sich die ackerbautreibenden Bürger über uns? – Ich bin fürchterlich in meiner Wut."
„Ja, mein Jungchen. Nu geh man zu Bett."
Ihre großen breitschultrigen Schatten tanzten an der Wand, weil die Kerzenflamme tanzte ... Die Claire stand vor dem Spiegel und löste ihre Haare auf.
„Wölfchen, paß ma auf; da war ich noch 'n kleiner Mädchen, und da bin ich bei meine Freundin, die Alice, gegangen – heb mir doch mal die Nadel auf! –, und da war ein Herr, wie er hieß, weiß ich nicht mehr, und der hat gesagt, mein Haar ist wie aus Seide gesponnen. Ja."
„Na – und –?"
„Nüchs."
Die Claire liebte es, Geschichten zu erzählen, die, ohne Pointe, kleine, anspruchslose Begebenheiten ihrer Kindheit enthielten. Sie verlangte, daß man sie sich oft anhöre, und wurde zornig erregt bei dem Einwand, man kenne dies.
„Du bist gar nicht freundlich zu mir. Du liebst mich nicht mehr."
Einem seelischen Chamäleon gleich, bot sie nun den Anblick einer Liebeskranken. Der Mund war schmerzlich verschoben, der Oberkörper leicht geneigt, die Hände krampften sich.
„Ich meinerseits liege im Bett", sagte er. Die Kerzenflamme verlosch ...
Unten schwatzte das Wirtshauspublikum. Man hörte, wie der Wirt seinen Rundgang bei den Tischen veranstaltete:
„Nun, auch die Frau Schwester wieder gesund? – Ja, ja, so gehts. Hat es den Herrschaften geschmeckt? Ja ..."
Oben aber sagte die Claire gedankenvoll, langsam:
„Ich möchts dir nu nehmen und einem in sein Gulasch werfen. Seh mal, er wundert sich bestimmt. Wie –?"
Aber dann schwieg sie. –

In der Nacht wachte er auf. Vorsichtig bauschte er den Vorhang, der weiß und faltig am Fenster leise vom Nachtwind bewegt war. Der Mond gespensterte in den Bäumen, ein Obelisk stand seitwärts drohend da und warf einen scharfen Schatten. Das Laub rauschte auf. Warum reagieren wir darauf wie auf etwas Schönes, fühlte er. Es ist doch nur ein durch Schallwellen fortgepflanztes Geräusch ... Und überließ sich gleich darauf willenlos diesem ruhigen Rauschen, das ein wenig traurig war, aber Hohes ahnen ließ und die Brust weiter machte ... Er fuhr herum. Eine ganz verschlafene Kinderstimme sagte unter einem Wasserfall von Haaren:

„Is niemand in mein klein Bettchen, und soll aber jemand da sein, und Klein-Clärchen is ganz allein ...“

Er trug sie zurück.

Als er früh am Morgen vom Friseur zurückkam, war die Claire am Aufstehen. Es war da so eine Sache: die erste Viertelstunde pflegte sie mit feiner Stimme ein entzückend klingendes Gemurmel zu stammeln, unzusammenhängende Silben hervorzubringen und in den verschiedensten Nachahmungen von Tierstimmen zu paradieren. Kaum hatte er die Tür hinter sich zugezogen, so begrüßte ihn das Winseln und Mauen einer neugeborenen Katze.

„Aufstehen! Claire! Aufstehen! Alle Leute sind schon nach Tisch.“

Man mußte ein wenig übertreiben – es half sonst nichts.

„Buh!“

„Ja, ich weiß, Komm!“

Und zog ihr die Bettdecke fort.

Später:

„Wölfchen, zieh ich nu das Gründe oder das Weiße an?“

„Hm, welches möchtest du denn gern anziehen?“

„Das ... das weiß ich nicht. C’est pourquoi ich dich frage.“

„So zieh denn das Weiße an.“

„Schön. Was dieser Junge mich tyrannisiert, das ist nicht zu sagen. Haach!“

Pause.

„Wolfgang?“

„Claire?“

„Meinst du würklich, daß ich das Weiße anziehen soll? Seh mal ... ich meine mit den Flecken un so ...“
„Also: das Grüne.“
„Schön.“
Nach einer kleinen Weile:
„Ja, haber – ich möchte doch aber gern ...“
„Was möchtest du gern?“
„Das Grüne –“
„Aber ich sage dir ja, ziehs an!“
„Ja ... aber ... wenn dus mir sagst, machts mir gar keinen Spaß. Du mußt sagen: Ziehs nich an, mußt du sagen, oder: zieh das Weiße an, tja.“
Und bevor er sich noch erholt hatte, fing sie an, ein wundervolles Gezänk von sich zu geben, nach Art gewisser Frauen, die sich beleidigt glauben und aus ihren Gefühlen auch dem Dienstmädchen gegenüber keinen Hehl machen. Das Ganze paßte aber nicht recht her, aber sie war im Zuge, da war nichts zu machen.
„So? – Also in *meinem* Hause lasse ich mir das nicht sagen, ich nicht! Sie stauben meine kostbaren Seidenmöbel nicht ab, Sie ... Geschöpf! – Aber mein Mann, der Bergassessor ...“
Er floh. Noch auf dem Korridor hörte er sie wie einen Schusterjungen pfeifen.
Auf den Kaffeetisch schien die Sonne; hier roch es stark und ländlich nach Milch, Butter und einer frischgewaschenen Decke. Bienen und dicke Fliegen schwammen in einem alten Honigglas, das der vorsorgliche Wirt mit Zuckerwasser gefüllt hatte.
Sie kam herunter, eine Weile sprachen sie nichts. Sie aß ... mein Gott, sie aß und hatte Hunger, den richtigen Morgenhunger des Langschläfers.
„Claire?“
„Wolf?“
„Ich denke, wir fahren heute morgen ein wenig spazieren.“
„So, und ich? – Mich nimmt er gar nicht mit! – Ich will auch mit.“
„Ich sagte: wir.“
„Buh, buh!“
„Ja, du kannst auch mit. Nu weine man nich und eß.“

„Wolfgang, ein so wunderschönes Deutsch sprichst du ja auch nicht, nein, das kann man nicht sagen. Aber keine Sorge: Meine Bemühungen werden mich das Ziel schon erreichen lassen."
Sie konnte ganz gewählt sprechen, wie es wohl alte Erzieherinnen manchmal tun, mit übermäßig stark betonten Endsilben und weit nach hinten gerutschten Gaumen-'R's.
„Mein Papa sagt immer, Wölfschen, ich spräche keinen guten Deutsch. Wie? – Ja, er ist ein erfahrener Greis, aber wie steht es ihm an zu sprechen ‚Stoße nicht in das Horn des Leichtsinns, mein Kind, und witzele nicht über so schwerwiegende Dinge!' Ich frage dich: Hat er unrecht oder hat er unrecht? Zwei Möglichkeiten kommen nur in Betracht."
„Er hat recht. Da kommt der Wagen."
Es war sein Glück. Denn schon hatte sie sich hochaufgerichtet und stand da, die Hände fest auf den Tisch gedrückt, und schielte ... Leicht und schnell rollte der Wagen durch die grüne Allee.
„Wolfgang?"
„Claire?"
„Merks du nichs?"
„Wie bitte?"
„Obs du nichs merks?"
„Nein."
„Na, aber süh mir mal an!"
„Bei Gott, nichts. Zuckt die Achseln."
„Du mußt das nicht mitsprechen, was in Klammern steht. Zuckt die Achseln, das steht in Klammern, weißt du? – Aber merkst du nichts?"
„Du hast dich gewaschen."
„P! – Aber ... ein blaues Band hatt ich gestern durch mein Hemd gezogs, un nu nich mehr. Du erlaubs mirs ja nich. Du ja nich."
Bot sie nicht das Aussehen einer sichtlich Gekränkten, die schmollend die bessern Gefühle des Geliebten anrief?
„Du hast ja 'n Freund, der wo sagt, bunte Bänders in der Wäsche tragen nur Kellnerinnen! Konnst deinem Freund gesagt haben, er konnt bei mir gegangen gewesen sein, ob ich vielleicht 'ne Kellnerin war."
Ja, er wolle das bestellen.

Aber nun mußten sie in das Grüne sehen, das sich an ihnen vorüberbewegte. Nicht, als ob dieser Wald jene gerühmte Schönheit besessen hätte, wie wir sie auf Bildern und Postkarten zu sehen Gelegenheit haben. Er wies keine ‚Partien' auf, keine Durchblicke. Aber er machte sie froh. Es war wohl mehr die allgemeine Freude, am Leben zu sein. Zwischen den Vergangenen und denen, die noch kommen würden – jetzt waren sie an der Reihe – Hurra! –

An einer Biegung der Chaussee machte der Kutscher halt, murmelte und verschwand im Gebüsch. Die Claire begleitete seinen Weggang mit frommen Reden ... Und dann fuhren sie weiter, und an einem Wirtshaus am See wurde Rast gemacht, und dort gab es zu essen.

Und dann fuhren sie wieder auf langen Umwegen nach Hause, nach Rheinsberg. Fußgänger begegneten ihnen, schwitzende Familienväter, die ihre Spazierstöcke mit den baumelnden Jacken am Ende Gewehr über trugen und schweigend der nächsten Bierquelle zustrebten. Verliebte, die mit verkrampften Händen selig daherstolperten, einmal hörten sie das Bruchstück eines Gespräches zweier spitzmäuliger Damen.

„Ja", sagte die eine, „und denken Sie, sie ist eine Berlinerin, aber wissen Sie, im guten Sinne des Wortes ..."

Der Wagen juckelte und knarrte, bald gehen die Pferde im Trab, bald trotten sie langsam mit gesenkten, nickenden Köpfen ... Und immer konnte man, wenn es einem beliebte, den Kopf nach hinten legen, „auf den Verdeck", wie Claire das nannte, und dann sah man in die Wolken, immer in die Wolken, während der Körper im Rhythmus des Fahrens angenehm bewegt wurde ...

Am Spätnachmittag kamen sie an; es war heiß, vielleicht würde es abends ein Gewitter geben, sagte der Wirt. Sie gingen in den Park. An einem kleinen Rondell schimmerten weiße Figuren aus dem Blätterwerk. Ein Satyr lehnte an einem Baumstumpf, mit gesenkter Flöte, ein Faun stach eine fliehende Nymphe ... Das Schloß leuchtete weiß, violett funkelten die Fensterscheiben in hellen Rahmen, von staubigen Lichtern rosig betupft, alles spiegelte sich im glatten Wasser. Baumgruppen standen da, rötlichgelb beschienen mit schwärzlichen Schatten, sie warfen lange, dunkle Flächen

auf den Rasen. Träge schob sich der See in kleinen Wellchen an die schilfigen Ufer …
„Brühheiß. Kann man eigentlich so den Hitzschlag bekommen, Claire?"
Sie lag am Boden und kaute einen Halm, der schwankend ihrem Munde entwuchs.
„Das kommt ganz auf die Innentemperatur an, mein Junge. Du – bei deiner Hitze – ja, du kannst wohl einen kriegen! Zeig mal die Zunge – hm …"
„Du tätest auch besser daran, mehr in die Kollegs aufzupassen, anstatt Herzen mit meinen Initialen in die Bänke zu schneiden. Überhaupt das Frauenstudium …"
„Bitte, nehmen Sie Platz." Sie war ganz Würde, und obgleich sie im Gras saß, konnte man glauben, was den Ausdruck ihres Gesichts anbetraf, einen vielbeschäftigten, an seinen Patienten interessierten Arzt vor sich zu sehen.
„Einen Weg zur Heilung werden wir schon finden … schon finden …"
Sie kraute sich einen imaginären Bart. „Wissen Sie, ob Ihr Herr Großpapa jemals an einem icterus katarrhalis litt? Oder an einer angina vincentis? Nun, wir werden das Übel schon beheben. Darf ich bitten, den Mund zu öffnen, weiter, weiter – so …" Und sie warf den Aufhorchenden mit einem starken Stoß nach hinten, ins Gras …
Die Luft lag unbeweglich, drückend, sie schritten über eine Brücke, darunter das Wasser grün und schleimig abfloß. Sie blickten hinunter. Blätter schwammen vorbei, kleine Zweige, Hölzchen …
„Wolfgang?"
„Claire?"
„Erlaubsus mir? Ja? Nur einmal! Bitte! Bitte!"
Sie drängte sich an ihn, umkoste ihn, ging ihm um den Bart, sozusagen …
„Was denn? Was denn? Kind?" Er machte sich frei.
„Erlaubs mir doch! Nie nich erlaubsu mir wen! Ich möcht doch soo gern …"
„Aber was denn?"
Sie schwieg. Sie sahen wieder von der Brücke in das dahinschleichende Wasser. „Wolfgang", sagte die Claire träumerisch, „ich möcht *einmal* in das Wasser spucken …" Und in

den höchsten Tönen: „Erlaubs du mir?“ Und piepsend: „Ja?“
Er erlaubte es ihr.
Sie gingen durch die Straßen der Stadt. Schaufenster boten lockend ihre Einlagen an, kunstreich geordnet. Oh, man war hier durchaus auf der Höhe, wie man mit Stolz sagen durfte, und hatte sich die Errungenschaften der neuen Zeit zunutze gemacht: ein moderner Wind wehte auch hier. Nach künstlerischen Prinzipien hatte z. B. Herr Krummhaar, der Kolonialwarenhändler an der Ecke des Marktes, sein Schaufenster arrangiert. Blickte man durch die blankpolierten Scheiben, so tat sich dem Besucher eine schlaraffenhafte Landschaft auf: auf einem Hügel von Paniermehl stand ein Zuckerhut mit einem roten Gelatinekreuz, und sah man näher hin, war es eine Windmühle, Pflaumenwege führten an mit Preisen versehenen Korinthenbeeten vorbei, und auf einem Spiegelglas schwamm eine Brigg, die Herrn Krummhaar aus dem fernen Indien bauchige Flaschen Danziger Goldwassers und Salzbrezeln heranschleppte ... Vor der Ladentür waren Fässer aufgebaut, die bis oben hin mit köstlichen Erbsen und allerhand getrocknetem, nun aber längst verstaubtem Obst gefüllt zu sein schienen; nur der Kundige konnte ahnen, daß es sich um eine geschickte Täuschung handle. Lange stand die Claire vor der bunten Pracht, dann zitierte sie mit Ausdruck:

„Und einen Ochsen, ganz bepackt,
Mit Fleischextrakt ...“

Überall blieb sie stehen, alles wollte sie kaufen, und sie wirbelte herum, schwatzte, lachte und war nacheinander: ein Frauchen, das ihren Mann zu Einkäufen bewegen will, ein unfolgsames Kind, das sich meckernd von der Hand der Bonne durch die Straßen schleppen läßt, ein kleiner Hund – und zehn Schritte lang bot sie sogar die Kopie eines durchaus nicht einwandfreien Geschöpfes ...
Vor der Tür eines kleinen Lädchens, dessen Schaufenster dem Käufer Posamentier- und Weißwaren versprachen, standen die Fräulein Luft, zwei gutmütige ältliche Wesen, die ein wenig muffig rochen ...

Sie schöpften die Abendluft, einen Käufer gab es jetzt nicht. Die beiden drängten sich in ihren Laden.
„Ich möchte bitte, Wäscheknöpfe." Die Claire war geschäftig, ganz bei der Sache.
„Tje ..."
„Aber bitte, geben Sie mir doch, bitte, weiße Wäscheknöpfe ... zum Annähen ..."
„Tje ... Gewiß."
Aber die Fräulein Luft rührten sich nicht, sondern sahen sich und die beiden Besucher, die ihren Laden nahezu ausfüllten, ratlos, verlegen an. Eine von ihnen holte tief Atem ...
„Mochte der schunge Härr nicht so lange rausgehen ..."
‚Welch treue Seele', dachte er. Und ging hinaus.

„Eine Kinematograph? Hier in Rheinsberg? Wölfchen, nach dem Souper? Ja?"
Wirklich, es gab einen, und sie gingen hin.
Auf dem Wege schon murrte es in den Wolken, die langsam aufzogen. Wind schüttelte Laub von den rauschenden Bäumen, Staub wirbelte auf ...
Aber noch trocken kamen sie in dem Saal des Wirtshauses an. Richtig, ein kleines Orchester war da, es verdunkelte sich der Saal ...

NATUR! MALERISCHE FLUSSFAHRT
DURCH DIE BRETAGNE KOLORIERT!

Der Apparat schnatterte und warf einen rauchigen Lichtkegel durch den Saal. Eine bunte Landschaft erschien, bunt, farbenprächtig, heiter. Die Kolorierung war der Natur getreulich nachgebildet: Die Bäume waren spinatgrün, der Himmel, wie in einem ewigen Sonnenuntergang, in Rosa und Blau schwimmend ... Während die Flußlandschaft hell vorbeizog, schwankte dauernd ein schwarzer Schatten, in Form einer Stange, durch das Bild, was vermuten ließ, daß die Aufnahme von einem Dampfboot aus gemacht worden war. Dies bestätigte sich; denn nach einer kleinen Weile drehte sich der hellbraun gebohlte Teil eines Schiffes in das Bild, das nun das Nahe und das Ferne zugleich erkennen ließ:

eine rosagekleidete Dame mit weißem Spitzenschirm, anscheinend zu diesem Zwecke hinbeordert, erzeugte vermittels freundlichen Lächelns, Winkens und eifrigen Auf- und Abspazierens geschickt den Eindruck sommerlichen Glükkes; hinten glitten die kolorierten Bestandteile der Bretagne vorbei, Trauerweiden, die Zweige in das Wasser hängen ließen, kleine ockergelbe Häuschen, die anscheinend auf ihre Umgebung abgefärbt hatten, ein vorüberziehender Fischerdampfer ...

Die Claire saß erschüttert.

„Wolfgang, es ist zu traurig! Glaubsu, daß der sterbende Krieger seine Heimat erreicht?“

Er glaubte es nicht. Um so weniger, als jetzt der eben eingetretene Klavierspieler geräuschvoll drei kräftige Akkorde erschallen ließ, sein Bierglas herunterwarf, aber hierdurch unbeirrt sich anschickte, den nunmehr folgenden Film: *‚Moritz lernt kochen!‘* in angemessener Weise zu begleiten. Die Musik tobte: Der Nachbar steckte den Kopf zur Tür herein, Moritz stand am Kochherd, packt den andern, wirft ihn in den Topf, daß die Beine heraussehen. Schwanken, Fallen, Töpfe kippen, Sintflut, man schwimmt gemeinschaftlich die Treppe herunter, schüttelt sich unten die Hände, nimmt das triefende Mobiliar unter den Arm und verschwindet ...

Die Claire konnte sich nicht beruhigen: sie fragte, wollte alles wissen. Ob er denn nun kochen könne, ob der Nachbar gut durchgekocht sei, sie könne übrigens kochen, perfekt, möchte sie nur sagen ...

Und schwieg erst, als helle Buchstaben auf dunklem Grund ankündigten:

DAS RETTENDE LICHTSIGNAL

In der Titelrolle Herr Violo. Von der Greizer Hofoper.

Auf Grund einer freundlichen, stillen Übereinkunft zwischen Filmfabrik und Publikum bedeutet die blaue Farbe Nacht, während die rote die Katastrophe einer Feuersbrunst anzeigt, so daß es allen klar wurde, wie man in solch gefährlichen Stunden eines rettenden Lichtsignals des Bräutigams bedurfte. Mochte die Handlung durchsichtig sein, hier war das Leben, aber konzentriert. Wenn das Meer, wenn die

Brandung an Felsen schlug, wenn der Vorplatz eines Hauses einen Augenblick frei blieb und man an den Zweigen sehen konnte, wie der Wind geweht hatte, *der* Augenblick war dahin, unwiederbringlich dahin ... Wie beängstigend schön war es, wenn Eisenbahnzüge, lautlos, wie große Schatten erschienen, immer näher, größer – ein Kopf sah aus dem Fenster ...
Aber als die leuchtenden Lichtgestalten zu weinen begannen und ein Harmonium in Aktion gesetzt wurde, schnupfte die Claire tief auf und äußerte schluchzend den Wunsch, nach Hause zu gehen ...
Sie kämpften sich durch Wind und Regen ins Hotel.

Am Morgen gingen sie in die Felder. Das Gewitter von gestern hatte abgekühlt, die ersten herbstlichen Tage kamen. Der Wind wehte stark. Als sie gegen ihn angingen, sang er wie klagend ... An den Wegen schäumten die Laubmassen, milchigweißes Licht beglänzte gleichmäßig die Felder. Die Sonne steckte hinter den stürmenden Wolken; manchmal kam sie hervor, dann war sie rot und fror in der rauhen, kräftigen Herbstluft. Ein leerer Pfad lag vor ihnen, reingefegt vom Wind – und es war Seligkeit, darüber hinwegzuschreiten; junge Linden reihten sich endlos, und es war Glück, immer wieder den ächzenden Stamm zur Seite zu haben. Tief ging der Atem, und die Schultern hoben sich. Sie gingen im Gleichschritt.
Sehnsucht – Sehnsucht nach der Erfüllung! Hier war alles (fühlte er), Herbst, der klärende, klare Herbst, Claire, alles – und doch zog es weiter, der Fuß strebte vorwärts, irgendwo lag ein Ziel, nie zu erreichen!
Viel, fast alles auf der Welt war zu befriedigen, beinahe jede Sehnsucht war zu erfüllen – nur diese nicht. Was war, von oben betrachtet, ein Liebender? – Ein Narr. Wenn sich ihm das geliebte Herz eröffnete, schwieg er, satt und zufrieden. Ganze Literaten wären nicht, riegelten die Mädchen ihre Türen auf ... Ein Amoroso war zu befriedigen, gebt ihm das Weib, das er begehrt, und der tönende Mund schweigt. Was gibt es, *uns* zum Schweigen zu bringen? Wir haben nichts mehr zu verschleiern, wir wissen um alle Heimlichkeiten der Körper ... Auch um alle der Seele? – Es gibt Worte, die nie

gesagt werden dürfen, sonst sterben sie ... Aber wir wollen nicht in diese Tiefen der Schatzkammern, wir haben einander ganz, und doch sehnen wir uns. Was ist das, das uns forttreibt, weiter, höher, vorwärts? – Der Frühling ist es nicht; denn es ist da zu allen Jahreszeiten, die Jugendzeit ist es nicht; denn wir spüren es in allen Altern, die Claire ist es nicht, wir fühlen es ohnehin.
Jetzt kamen sie durch einen windstillen Hain junger Birken.
Glücklich sein, aber nie zufrieden. Das Feuer nicht auslöschen lassen, nie, nie! In einem runden Loch kreiste träge schwarzes fauliges Wasser. Alles andere ist ein Vorspiel: die Werbung, die Gewährung, das Genießen. Dann fängt es an und höret nimmer auf. Was kann vorher sein? Beschäftigt mit der simplen Frage: Ja? – Nein? – sehen sie nicht das Wesentliche, das Eigentliche. Entkleide die deinige von deinen Begierden, sie zu besitzen, setze sie in dein Zimmer, wunschlos, allein, denk, du habest alles, was du wolltest ... Bliebe sie? Kann sie mehr als locken, versprechen? – Kann sie *geben*? Nicht jede hält die Belastungsprobe aus. Man behütet nicht umsonst ängstlich das Letzte, wenn man nicht weiß, daß es das Kostbarste ist, was man zu geben hat. Eroberungen, bei denen der Reiz nur im Erobern besteht. Wir aber wollen besitzen.
Und es gibt keine tiefere Sehnsucht als diese: die Sehnsucht nach der Erfüllung. Sie kann nicht befriedigt werden ...

„Wölfchen! Hallo!“ Sie war weit vorausgelaufen und pflückte im Gebüsch weiße Eisbeeren, legte sie im Kreis auf den Boden und knackte sie mit dem Fuß entzwei.
„Warum tust du es?“
„Hast du keinen Sinn für Schönheit? *Fühlst* du nicht, daß das befriedigt, erlöst, wie von einem Druck befreit, wenn die Beere – endlich – aufknackt? – Banause!“
Die Gräser glänzten im Licht, ein dicker Käfer zog über die Chaussee, flog auf, ein Wind strich über den Weg, führte ihn mit sich fort, wollte er dorthin? – Nun, er würde auch da glücklich sein ...
Eine Schafherde trappelte durch die gestoppelten Felder; sie wollten ausweichen, aber es war zu spät, der Schäferhund

hatte eine lange Reihe zurechtgebellt, sie waren mitten unter ihnen, die Schafe umwogten sie, die Claire schwankte lachend in dem Meer hin und her.
„Wölfchen, wenn mir die Tieren nu fressens?"
„Ihnen nicht, Fräulein, es dürfte sich nicht lohnen."
Endlich krochen sie heraus, staubbedeckt, lachend.
„Daß du dir da rausgefunden hast, Wölfchen!"
Sie waren auf freiem Feld, glänzend wehten grüne Gräser im Wind, die Luft war in starker Bewegung, aber das Land lag ruhig, mochte es wehen und darüber hinfahren, die Erde blieb fest.
Sie standen auf einem kleinen Hügel, das Land wellte sich weit fort, spielend riß die starke Luft an den Haaren. Dies alles umarmen können, nicht, weil es gut oder schön ist, sondern weil es da ist, weil sich die Wolkenbänke weiß und wattig lagern, weil wir leben! Kraft! Kraft der Jugend! ...
„Claire?"
„Na?"
Und wurde gepackt und wie ein Wickelkind davongetragen, den Abhang herunter bis tief in die blumige Mulde.

Und wieder kamen sie nach Rheinsberg, und weil es der letzte Tag war, verschwand Wolf und kam kurz vor dem Mittagessen mit einem großen weißen Paket wieder. Oben angelangt, legte er es auf den Tisch. Die Claire zupfte vor dem Spiegel an ihrem Haar. Wandte sich um.
„Wolfgang?"
„Claire?"
„Was issn diss?"
„Nüchs, wie du dich auszudrücken beliebst."
„Na, haber ..."
„Um allen so gearteten Debatten aus dem Wege zu gehen, mein liebes Weib, erkläre ich hiermit, daß in dem Paket mit erhobener Stimme zwar etwas darin ist, aber du dasselbe mit Bedeutung nicht vor dem Abend öffnen darfst. Um zehn geht der Zug, um drei Viertel zehn darfst du, Punkt."
„Hm."
Pause.
„Wolfgang?"
„Claire?"

„Sagssu mir, was da drün is? Seh mal ...“
„Schweig. Ich habe gesprochen.“
„Aba, Wölfchen, ich fand, du konnst mir doch den Anfangsbuchstaben sagen und den hintern auch, ich meine den Endbuchstaben, ja?“
„Ich zertrümmere dich. Nein.“
„Nur den Anfang, tje? – Bitte, bitte! ...“
„Schluß. Wir essen!“
Es gab ‚schöne Sachens‘ – „Suppens gibs“, erörterte Claire, die alles wußte, „un Hühnegens mit Gemüse und Hops (Hops? – Obst, Wölfchen, Obst) un denn gübs ... Willstu das gern wissen, Wölfchen?“
„Ja.“
„Hm, ich sag dirs auch. Aber du mußt mir sagen, was in dem Paket ...“
„Ich wills nicht wissen.“
„Buh!“
Sie ‚muckschte‘ wie ein kleines Kind und ließ eine habsburgische Unterlippe hängen, bis das Essen kam.
„Wölfchen, eß man Suppens mitm Messer?“
„Wa –?“
„Na, ich hab mal einen gesehen, der hat mitm Messer geessen.“
„Suppe?“
„Neieinn ...“
Aber da kam eine alte Dame an ihrem Tisch vorübergeschlurcht, schielte krumm und murmelte etwas von „unerhört“ und „Person“ und so.
„Wölfchen, die meint mir. Konnste ihr nicht gefordert gehabt habs? – Söh mal, ich bin doch ’ne Feine, nich wahr? oder glaubsu, ich bin eine Prostitierte? Nei-n. Ich ja nich. Ich nich. Hä?“
„Laß das Alter gewähren, mein Kind. Vielleicht hat sie nicht so hübsche Jugenderinnerungen ... Wie schrieb der große Friedrich an den Rand seiner Akten? – ‚Mein lieber Geheimrat‘, schrieb er, ‚wir sind alt und können nicht mehr, wir wollen uns über die freuen, die noch können.‘“
Und dann aßen sie, und als es zu Ende war:
„Wölfchen, die Sonne scheint gerade so schön, wir wollen fotogafieren.“

Sie holte den Apparat, den sie umständlich herrichtete. Eine Zeitaufnahme war beabsichtigt, unter dem Blätterdach der alten Bäume, die gesprenkeltes Licht zum Boden durchließen.
„Stell dir ma hin, Wölfchen. Nun paß auf: wir machens einen langen Aufnahmen. Du mußt nu ümmessu ruhig stehen, weißtu, ganz stille, ich geh solange fort, auf daß es dir nicht lächere ..."
Er stand regungslos, nur gegen die Sonne anblinzelnd, fühlte sein Herz klopfen, der Atem ging taktmäßig ein und aus. Wie lange es dauert? Die Claire wandelte unter den Linden, weiter hinten. Es sah aus, als hätte sie vergessen ...
Ohne die Lippen weit zu öffnen:
„Claire!"
Immer noch erging sie sich unter den schattigen Bäumen, aber sie antwortete:
„Ja?"
„Noch lange?"
„Nein."
Wieder Schweigen. Wieder summten die Insekten. Teller klapperten im Haus.
„... lange?"
„Wolfgang?"
„Hm?"
Und von ganz fern: „Du kannst kommen! – Ich habe gar nicht eingestellt!" Und helles Lachen.
„So ein –"
„Aber schön still hast du gehalts!"
Hoho! Wie aus einem Schallbecken platzte Lachen aus ihrem Mund, heftig, lärmend.
Aber er fing sie.

Nach dem Essen mußte die Claire schlafen gelegt werden. Sie waren im Sonnenglast hingestreckt, auf einer Wiese, über der die Luft in der Mittagswärme zittrig schwebte. Schweigen ...
„Wölfchen?"
„Claire?"
„Sagssus mirs?"
„Was denn?"

„Was in den Paket ...?“
„Schlaf!“
Sie schnarchte, daß die Grillen vor Schreck verstummten.
„Pst!“
„Du sagst ja, ich soll. Nie nich is es richtig. Buh!“
Wieder Schweigen.
Wie im Selbstgespräch: „Ich fand, wenn dus mir sagtest, gefiels mir hier besser. Wie? Ich bin neugierig, alle Frauen sind ...? Ich will dir mal was sagen, ich wills gar nicht wissen, überhaupt ist es mir egal, es läßt mich kalt.“
„Das kannst du brauchen.“
„Wie?“
„Ich meinte nur.“
„Wölfchen?“
„Claire?“
„Is'n zu essens drin oder ...?“
Aber er antwortete nun nicht mehr. Sie schliefen. Und als sie aufwachten – sie hatte ihn wachgekitzelt –, stand die Claire auf, strich sich den Rock glatt, und ihre ersten Worte waren: „Neugierig bün ich ga-nich. Aber wissen möcht ich *bloß*, was da in is“, und dachte heftig nach, ohne es herauszubekommen. (Sie hat es nie erfahren, das Paket wurde im Hotel vergessen.)
Nachmittags lagen sie im Boot. Der Himmel war klar, noch einmal gab der Sommer seine Wärme.
Dies ist der letzte der drei Tage! Aber ich bin so froh wie am ersten. Jung sein, voller Kraft sein, eine Reihe leuchtender Tage – das kommt nie wieder! Heiter Glück verbreiten – Wir wollen uns Erinnerungen machen, die Funken sprühen! Wir haben alles voraus – heute! Mögen die in den Gräbern die Fäuste schütteln, mögen die Ungeborenen lächeln – wir *sind*! Alle sollen freudig sein! Kämpfen – aber mit Freuden – Dreinhauen – aber mit Lachen! Mädchen, was zieht ihr mit Ketten schwer beladen einher? – Schüttelt sie ab. Sie sind leicht! – Sie sind hohl! – Tanzt, tanzt! –
Vom Ufer her rief sie jemand an, ein Mädchen mit einer Schneckenfrisur und ernsten, schwarzen Augen. Sie trug sich irgendwie in Blau und Grau. Sie ruderten heran. Wo es hier nach dem Forsthaus ginge? Ob es noch weit sei? – Sie beabsichtigten, dorthin zu fahren, wenn sie wolle? Sie

dankte, nahm an.
Es ergab sich, daß sie gleichfalls die Heilwissenschaft studiere und sich auch sonst geistig fleißig rege. Sie lud arme Kinder zu sich zu Tisch, um an abgemessenen Gewichtsportionen die Wirkungen gewisser Hydrate festzustellen, auch in andern Beziehungen nahm sie sich dieser Opfer der kapitalistischen Wirtschaftsordnung an und förderte sie durch gute Ratschläge. Das brachte sie ruhig und selbstverständlich vor, bescheiden, aber fest. Das Gespräch glitt weiter. Nein – heiraten wollte sie vorläufig nicht; sie habe noch keinen gefunden, der Mann gewesen wäre, ohne ein Sexualtier zu sein. Sie hatte einen schlechten Teint, und es sah aus, als bade sie selten. – Ob sie denn nie verliebt gewesen sei? – Oh, sie besäße, wie sie, ohne unbescheiden zu sein, mitteilen könne, Temperaments genug. So habe sie neulich auf einem Vereinsfest sogar etwas getrunken, was dem Geschmack nach schwedischer Punsch gewesen sein mochte. Aber das seien doch Nebendinge. Für sie – hier schaukelte das Boot ein wenig – für sie gäbe es nur die Pflicht. Die Pflicht, ihrem Berufe als Wissenschaftlerin und soziales Glied voll und ganz Genüge zu tun.
Dies, was sie anginge. Und die Herrschaften? Mit wem habe sie das Vergnügen? Sie sei stud. med. Aachner, Lissy Aachner. Und die Freundlichen, die sie hier mitnähmen? – Claire ergriff das Wort (Wolfgang graute): – Nun, sie hätten hier ein kleines Besitztum in der Nähe, nicht sehr bedeutend, 300 Morgen etwa, ja, und das sei ihr Bruder, sie seien noch nie in einer großen Stadt gewesen, die Eltern erlaubten es nicht, nein – wie es denn so in Berlin aussähe? Sie hätten so bunte Vorstellungen davon, aber, nicht wahr? – aus den Büchern könne man das nicht so …
Die Studentin Aachner bestätigte dies. Nein, aus den Büchern könne man dies nicht so. – Man müsse wirklich einmal … Sie könne das den Herrschaften nur empfehlen! – Diese verschiedenartigen Kreise, diese Anregungen, man müsse ordentlich auf dem Posten sein, um all den Anforderungen Genüge zu tun! Nun – sie, Lissy Aachner, sei auf dem Posten, das könne sie wohl sagen. Und es erwies sich, daß dieses begabte Mädchen über alles, so die Liebe und das Leben, ihre klaren festen Begriffe hatte, an denen nicht zu

rütteln war. Sie sei Monistin. Was das sei? Gesellschaftliche Artigkeit trug über ein leichtes Lächeln den Sieg davon. Sie sei erfüllt von dem Glauben, daß alles sich auf natürlicher Grundlage nach Maßgabe der betreffenden Umstände aufbaue. Auf die Umstände lege sie besonderes Gewicht, auf die käme es an ... Aus ihnen ließe sich *alles* herleiten. Sie, Lissy Aachner, wäre nimmermehr das geworden, was sie sei, wenn nicht die Umstände und das, was man wohl Milieu nenne, sie zu einem Produkt der neuen Zeit gemacht hätten. Und diese Umstände zu erkennen, das sei es, fuhr stud. med. Aachner fort, worauf es ankäme ... *Erkenntnis*, das sei das Wort! – Wohin sollte es führen, wenn wir auf der Stufe alter Barbarenvölker ständen und den Regen z. B. noch als etwas Göttliches empfänden? Der Regen sei einfach ein Niederschlag atmosphärischen Wassers in Form von Tropfen oder Wasserstrahlen. Dagegen war nichts zu sagen. Der Regen war in der Tat ein Niederschlag atmosphärischen Wassers in Form von Tropfen oder Wasserstrahlen. Und habe es nicht mit den geistigen Dingen eine ebensolche Bewandtnis? – Sei nicht auch hier Erkenntnis das Element allen Lebens? – Wie wolle man sich denn vor Liebesschmerz hüten, ohne die Elemente dieses Affekts, die Liebe und den Schmerz, analysieren zu können? – Sie gäbe ja Ausnahmen zu, bemerkte die Sprecherin, aber wenn wir auch heute noch nicht soweit wären, alles zu erkennen, so läge dies eben an der Mangelhaftigkeit unserer Apparate bzw. Organe. Es würde schon noch werden. Seien nicht auch die Religion, die Kunst Dinge, die restlos in ihre Bestandteile aufzulösen nur einem Orthodoxen als kühn erscheinen könne? – Ja, das gesamte Leben als solches ... Aber hier lief der Kahn auf den Sand, daß es knirschte. Man war angelangt. Die stud. med. Aachner bedankte sich und schritt durch das Grün auf das Forsthaus zu; männlichen Schrittes, geradeaus, und irgendwie in Blau und Grau gekleidet ...
Die beiden trieben ab, das Boot schwankte, bewegt durch das Schaukeln der Lachenden. Und wieder trug sie die Strömung dahin, der fächelnde Wind kräuselte das Wasser, brachte frischere Lüfte ... Einmal legte die Claire die Hand auf den Bootsrand: diese ein wenig knochige und männliche Hand, auf deren Rücken blaßblaue Adern sich strafften; sah man

aber die holzgeschnitzten, langen Finger, so ahnte man, es war eine erfahrene Hand. Diese Fingerspitzen wußten um die Wirkung ihrer Zärtlichkeiten, kräftig und sicher spielten die Gelenke ... Die Hand hing im Wasser und zog einen quirlenden Streif. Dunkelgrün und klar lagen die Ufer weit zurück.

Leuchtender, leuchtender Tag! – Da-sein, voraussetzungsloses Da-sein und immerfort wissen, daß eine ist, die gleich fühlt, gleich denkt ... (Denkt, fühlt sie wirklich? Aber ist das nicht einerlei, wenn wir nur glauben?) Nun, wir *glauben* eben einmal, daß wir uns nur deshalb nicht begegnen, weil wir nebeneinander demselben Ziele zulaufen, gleich strebend, parallel ... Dies zu wissen – das ist Glück. Ein Seitenblick genügt: all deine Empfindungen sind hier noch einmal, aber umkleidet mit dem Reiz des Fremden. Wozu noch sprechen? – Wir wissen ohnehin. Wozu versichern, betonen? – Wir wissen, wir wissen. Und das Erlebnis und ich und sie – das gibt einen Klang, einen guten Dreiklang. Aber nun waren nur noch zwei Stunden bis zur Abfahrt.

„Wolfgang?"

„Claire?"

„Gehen wir noch ein bißchen spazieren? Komm, in die böhmischen Wälder!"

Und sie gingen durch den dämmerigen Park, in dem die Baumgruppen erdunkelten, sich schwärzlich auseinanderschoben ... Der Himmel war am Nachmittag schimmernd klar gewesen – noch spannte er sich wie ein ungeheurer Bogen von Osten nach Westen, aber nun hatte er eine dunkle Färbung angenommen, er war fast schwarz, und weiße Wolkenfetzen zogen rasch unter ihm dahin.

Gewiß blies hier der Wind immer so in die Baumwipfel, daß sie aufrauschten, strich durch die Stämme, raschelte schleifend im Laub ... *Sie* empfanden: Abschied. *Sie* mußten fort. Leises Trauern ... noch einmal zogen sie die reine Luft ein. Abschied. Eine neue Etappe. Aber diese haben wir gelebt.

Der Weg führte auf einen Hügel, durch Wiesen und an schwärzlichen Sträuchern vorbei. Sie sprachen nichts. In der Höhe glänzten helle Fenster einer Villa. Töne? ... Da oben gab es Musik. Sie schritten aufwärts. Blieben im Dunkel stehen. Das gelbe Licht traf sie nicht: es bestrahlte einige Zweige der Linden, die am Haus gepflanzt waren. War es ein Ball? –

Ein Walzer kam. – Die Geigen – es mußte eine starkbesetzte Kapelle sein – zogen süß dahin, sie sangen das Thema, ein einfaches, liebliches, in langen Bogenstrichen. Verstummten. Aber nun nahmen es alle Instrumente auf, forte, und es war, wie wenn zarte Heimlichkeiten ans Licht gezogen würden. Mit Wehmut dachte man an die Pianopassagen. Aber auch so machte es einen schweben, und der Rhythmus, dieser wiegende, schleifende Rhythmus zuckte und warb. Sie standen unruhig, hatten sich bei den Händen gefaßt, reckten sich ... Und da brach die Lustigkeit prasselnd durch: in tausend kleinen Achteln, die klirrten, wie wenn glitzernde Glasstückchen auf Metall fielen, brach sie durch, die Geigen jubelten und kicherten, die Bässe rummelten fett und amüsiert in der Tiefe, und auch der Zinkenist machte kein Hehl daraus, daß ihn das Ganze aufs höchste erfreute.

Der Teil wiederholte sich, wieder kletterten die Geigen in die schwindelnde Höhe, guckten von ihrem hohen Sopran in die Welt, und schließlich lösten sich die Töne auf zierliche, spielerische Weise in nichts auf. Dröhnten nicht drei Paukenschläge? – Ein Dominantakkord erklang: ein Lauf, von der Flöte gepfiffen, machte neugierig, gespannt ... Und wieder ein Lauf, die Geigen folgten, die Melodie blieb auf einem neuen Dominantakkord stehen ... Pause ... Und das alte, süße Thema kehrte in den Geigen wieder, hier war Erinnerung, heimliche Freuden und alles verliebte Flüstern der Welt! – Und da packte es die zwei, und sie drehten sich langsam, schwebend, und sie tanzten auf dem struppigen Rasen, schweigend, ruhig anfangs, dann schneller und schneller ... Noch einmal bliesen Fanfaren königlich und stolz, kaum wiederzuerkennen, das Thema, dann wirbelten die beiden tanzend den Abhang herunter.

Und kehrten zurück und packten ein, fuhren mit dem rumpligen Hotelwagen zur Bahn, bestiegen in Löwenberg den D-Zug und fuhren durch die Nacht, brausend, aufgewühlt, nach Berlin.

In die große Stadt, in der es wieder Mühen für sie gab, graue Tage und sehnsüchtige Telefongespräche, verschwiegene Nachmittage, Arbeit und das ganze Glück ihrer großen Liebe.

Schloß Gripsholm

Eine Sommergeschichte

Für IA 47 407

Wir können auch die Trompete blasen
Und schmettern weithin durch das Land;
Doch schreiten wir lieber in Maientagen,
Wenn die Primeln blühn und die Drosseln schlagen
Still sinnend an des Baches Rand.

Storm

ERSTES KAPITEL

1

Ernst Rowohlt Verlag
Berlin W 50
Passauer Straße 8/9

8. Juni

Lieber Herr Tucholsky,
schönen Dank für Ihren Brief vom 2. Juni. Wir haben Ihren Wunsch notiert. Für heute etwas andres.
Wie Sie wissen, habe ich in der letzten Zeit allerhand politische Bücher verlegt, mit denen Sie sich ja hinlänglich beschäftigt haben. Nun möchte ich aber doch wieder einmal die ‚schöne Literatur' pflegen. Haben Sie gar nichts? Wie wäre es denn mit einer kleinen Liebesgeschichte? Überlegen Sie sich das mal! Das Buch soll nicht teuer werden, und ich drucke Ihnen für den Anfang zehntausend Stück. Die befreundeten Sortimenter sagen mir jedesmal auf meinen Reisen, wie gern die Leute so etwas lesen. Wie ist es damit?
Sie haben bei uns noch 46 RM gut – wohin sollen wir Ihnen die überweisen?

Mit den besten Grüßen
Ihr
(Riesenschnörkel) Ernst Rowohlt

10. Juni

Lieber Herr Rowohlt,
Dank für Ihren Brief vom 8. 6.
Ja, eine Liebesgeschichte … lieber Meister, wie denken Sie sich das? In der heutigen Zeit Liebe? Lieben Sie? Wer liebt denn heute noch?
Dann schon lieber eine kleine Sommergeschichte.
Die Sache ist nicht leicht. Sie wissen, wie sehr es mir widerstrebt, die Öffentlichkeit mit meinem persönlichen Kram zu behelligen – das fällt also fort. Außerdem betrüge ich jede Frau mit meiner Schreibmaschine und erlebe daher nichts Romantisches. Und soll ich mir die Geschichte vielleicht ausdenken? Phantasie haben doch nur die Geschäftsleute, wenn sie nicht zahlen können. Dann fällt ihnen viel ein. Unsereinem …
Schreibe ich den Leuten nicht ihren Wunschtraum (‚Die Gräfin raffte ihre Silber-Robe, würdigte den Grafen keines Blickes und fiel die Schloßtreppe hinunter'), dann bleibt nur noch das Propplem über die Ehe als Zimmer-Gymnastik, die ‚Menschliche Einstellung' und all das Zeug, das wir nicht mögen. Woher nehmen und nicht bei Villon stehlen?
Da wir gerade von Lyrik sprechen:
Wie kommt es, daß Sie in § 9 unseres Verlagsvertrages 15 Prozent honorarfreie Exemplare berechnen? So viel Rezensionsexemplare schicken Sie doch niemals in die Welt hinaus! So jagen Sie den sauern Schweiß Ihrer Autoren durch die Gurgel – kein Wunder, daß Sie auf Samt saufen, während unsereiner auf harten Bänken dünnes Bier schluckt. Aber so ist alles.
Daß Sie mir gut sind, wußte ich. Daß Sie mir für 46 RM gut sind, erfreut mein Herz. Bitte wie gewöhnlich an die alte Adresse.
Übrigens fahre ich nächste Woche in Urlaub.

Mit vielen schönen Grüßen
Ihr
Tucholsky

Ernst Rowohlt Verlag
Berlin W 50
Passauer Straße 8/9

12. Juni

Lieber Herr Tucholsky,
vielen Dank für Ihren Brief vom 10. d. M.
Die 15% honorarfreien Exemplare sind – also das können Sie mir wirklich glauben – meine einzige Verdienstmöglichkeit.
Lieber Herr Tucholsky, wenn Sie unsre Bilanz sähen, dann wüßten Sie, daß es ein armer Verleger gar nicht leicht hat. Ohne die 15% könnte ich überhaupt nicht existieren und würde glatt verhungern. Das werden Sie doch nicht wollen.
Die Sommergeschichte sollten Sie sich durch den Kopf gehen lassen.
Die Leute wollen neben der Politik und dem Aktuellen etwas haben, was sie ihrer Freundin schenken können. Sie glauben gar nicht, wie das fehlt. Ich denke an eine kleine Geschichte, nicht zu umfangreich, etwa 15–16 Bogen, zart im Gefühl, kartoniert, leicht ironisch und mit einem bunten Umschlag. Der Inhalt kann so frei sein, wie Sie wollen. Ich würde Ihnen vielleicht insoweit entgegenkommen, daß ich die honorarfreien Exemplare auf 14% heruntersetze.
Wie gefällt Ihnen unser neuer Verlagskatalog?
Ich wünsche Ihnen einen vergnügten Urlaub und bin mit vielen Grüßen

Ihr (Riesenschnörkel) Ernst Rowohlt

15. Juni

Lieber Meister Rowohlt,
auf dem neuen Verlagskatalog hat Sie Gulbransson ganz richtig gezeichnet: still sinnend an des Baches Rand sitzen Sie da und angeln die fetten Fische. Der Köder mit 14% honorarfreier Exemplare ist nicht fett genug – 12 sind auch ganz schön. Denken Sie mal ein bißchen darüber nach und geben Sie Ihrem harten Verlegerherzen einen Stoß. Bei 14% fällt mir bestimmt nichts ein – ich dichte erst ab 12%.
Ich schreibe diesen Brief schon mit einem Fuß in der Bahn.

In einer Stunde fahre ich ab – nach Schweden. Ich will in diesem Urlaub überhaupt nicht arbeiten, sondern ich möchte in die Bäume gucken und mich mal richtig ausruhn.
Wenn ich zurückkomme, wollen wir den Fall noch einmal bebrüten. Nun aber schwenke ich meinen Hut, grüße Sie recht herzlich und wünsche Ihnen einen guten Sommer! Und vergessen Sie nicht: 12%

Mit vielen schönen Grüßen
Ihr getreuer
Tucholsky

Unterschrieben – zugeklebt – frankiert – es war genau acht Uhr zehn Minuten. Um neun Uhr zwanzig ging der Zug von Berlin nach Kopenhagen. Und nun wollten wir ja wohl die Prinzessin abholen.

2

Sie hatte eine Altstimme und hieß Lydia.
Karlchen und Jakopp aber nannten jede Frau, mit der einer von uns dreien zu tun hatte, ‚die Prinzessin', um den betreffenden Prinzgemahl zu ehren – und dies war nun also die Prinzessin; aber keine andere durfte je mehr so genannt werden.
Sie war keine Prinzessin.
Sie war etwas, was alle Schattierungen umfaßt, die nur möglich sind: sie war Sekretärin. Sie war Sekretärin bei einem unförmig dicken Patron; ich hatte ihn einmal gesehen und fand ihn scheußlich, und zwischen ihm und Lydia ... nein! Das kommt beinah nur in Romanen vor. Zwischen ihm und Lydia bestand jenes merkwürdige Verhältnis von Zuneigung, nervöser Duldung und Vertrauen auf der einen Seite und Zuneigung, Abneigung und duldender Nervosität auf der andern: sie war seine Sekretärin. Der Mann führte den Titel eines Generalkonsuls und handelte ansonsten mit Seifen. Immer lagen da Pakete im Büro herum, und so hatte der Dicke wenigstens eine Ausrede, wenn seine Hände fettig waren.
Der Generalkonsul hatte ihr in einer Anwandlung fürstlicher

Freigebigkeit fünf Wochen Urlaub gewährt; er fuhr nach Abbazia. Gestern abend war er abgefahren – werde ihm der Schlafwagen leicht! Im Büro saß sein Schwager und für Lydia eine Stellvertreterin. Was gingen mich denn seine Seifen an – Lydia ging mich an.
Da stand sie schon mit den Koffern vor ihrem Haus –.
„Hallo!"
„Du bischa all do?" sagte die Prinzessin – zur grenzenlosen Verwunderung des Taxichauffeurs, der dieses für Ostchinesisch hielt. Es war aber Missingsch.
Missingsch ist das, was herauskommt, wenn ein Plattdeutscher hochdeutsch sprechen will. Er krabbelt auf der glatt gebohnerten Treppe der deutschen Grammatik empor und rutscht alle Nase lang wieder in sein geliebtes Platt zurück. Lydia stammte aus Rostock, und sie beherrschte dieses Idiom in der Vollendung. Es ist kein bäurisches Platt – es ist viel feiner. Das Hochdeutsch darin nimmt sich aus wie Hohn und Karikatur; es ist, wie wenn ein Bauer in Frack und Zylinder aufs Feld ginge und so ackerte. Der Zylinder ischa en finen statschen Haut, över wenn dor nich mit grot worn is, denn rutscht hei ümmer werrer aff, dat deiht he ... Und dann ist da im Platt der ganze Humor dieser Norddeutschen; ihr gutmütiger Spott, wenn es einer gar zu toll treibt, ihr fest zupackender Spaß, wenn sie falschen Glanz wittern, und sie wittern ihn, unfehlbar ... diese Sprache konnte Lydia bei Gelegenheit sprechen. Hier war eine Gelegenheit.
„Kann mir gahnich gienug wunnern, dasse den Zeit nich verschlafen hass!" sagte sie und ging mit festen, ruhigen Bewegungen daran, mir und dem Chauffeur zu helfen. Wir packten auf. „Hier, nimm den Dackel!" – Der Dackel war eine fette, bis zur Albernheit lang gezogene Handtasche. Und so pünktlich war sie! Auf ihren Nasenflügeln lag ein Hauch von Puder. Wir fuhren.
„Frau Kremser hat gesagt", begann Lydia, „ich soll mir meinen Pelz mitnehmen und viele warme Mäntel – denn in Schweden gibt es überhaupt keinen Sommer, hat Frau Kremser gesagt. Da wär immer Winter. Ische woll nich möchlich!" Frau Kremser war die Haushälterin der Prinzessin, Stubenmädchen, Reinemachefrau und Großsiegelbewahrerin. Gegen mich hatte sie noch immer, nach so langer

Zeit, ein leise schnüffelndes Mißtrauen – die Frau hatte einen guten Instinkt. „Sag mal ... ist es wirklich so kalt da oben?"
„Es ist doch merkwürdig", sagte ich. „Wenn die Leute in Deutschland an Schweden denken, denn denken sie: Schwedenpunsch, furchtbar kalt, Ivar Kreuzger, Zündhölzer, furchtbar kalt, blonde Frauen und furchtbar kalt. So kalt ist es gar nicht." – „Also wie kalt ist es denn?" – „Alle Frauen sind pedantisch", sagte ich. „Außer dir!" sagte Lydia. – „Ich bin keine Frau." – „Aber pedantisch!" – „Erlaube mal", sagte ich, „hier liegt ein logischer Fehler vor. Es ist genauestens zu unterscheiden, ob pro primo ..." – „Gib mal'n Kuß auf Lydia!" sagte die Dame. Ich tat es, und der Chauffeur nuckelte leicht mit dem Kopf, denn seine Scheibe vorn spiegelte. Und dann hielt das Auto an, wo alle bessern Geschichten anfangen: am Bahnhof.

3

Es ergab sich, daß der Gepäckträger Nr. 47 aus Warnemünde stammte, und der Freude und des Geredes war kein Ende, bis ich die landsmännische Idylle, der Zeit wegen, unterbrach. „Fährt der Gepäckträger mit? Dann könnt ihr euch ja vielleicht im Zug weiter unterhalten ..." – „Olln Döskopp! Heww di man nich so!" sagte die Prinzessin. Und: „Wi hemm noch bannig Tid!" der Gepäckträger. Da schwieg ich überstimmt, und die beiden begannen ein emsiges Palaver darüber, ob Korl Düsig noch am ‚Strom' wohnte – wissen Sie: Düsig – näää ... die Olsch! So, Gott sei Dank, er wohnte noch da! Und hatte wiederum ein Kind hergestellt: der Mann war achtundsiebzig Jahre und wurde von mir, hier an der Gepäckausgabe, außerordentlich beneidet. Es war sein sechzehntes Kind. Aber nun waren es nur noch acht Minuten bis zum Abgang des Zuges, und ...
„Willst du Zeitungen haben, Lydia?" – Nein, sie wollte keine. Sie hatte sich etwas zum Lesen mitgebracht – wir unterlagen beide nicht dieser merkwürdigen Krankheit, plötzlich auf den Bahnhöfen zwei Pfund bedrucktes Papier zu kaufen, von dem man vorher ziemlich genau weiß: Makula-

tur. Also kauften wir Zeitungen.
Und dann fuhren wir – allein im Abteil – über Kopenhagen nach Schweden. Vorläufig waren wir noch in der Mark Brandenburg.
„Finnste die Gegend hier, Peter?“ sagte die Prinzessin. Wir hatten uns unter anderm auf Peter geeinigt – Gott weiß, warum.
Die Gegend? Es war ein heller, windiger Junitag – recht frisch, und diese Landschaft sah gut aufgeräumt und gereinigt aus – sie wartete auf den Sommer und sagte: Ich bin karg. „Ja ...“, sagte ich. „Die Gegend ...“ – „Du könntest für mein Geld wirklich etwas Gescheiteres von dir geben“, sagte sie. „Zum Beispiel: diese Landschaft ist wie erstarrte Dichtkunst, oder sie erinnert mich an Fiume, nur ist da die Flora katholischer – oder so.“ – „Ich bin nicht aus Wien“, sagte ich. „Gott sei Dank“, sagte sie. Und wir fuhren.
Die Prinzessin schlief. Ich denkelte so vor mich hin.
Die Prinzessin behauptete, ich sagte zu jeder von mir geliebten Frau, aber auch zu jeder –: „Wie schön, daß du da bist!“ Das war eine pfundsdicke Lüge – manchmal sagte oder dachte ich doch auch: „Wie schön, daß du da bist ... und nicht hier!“ – aber wenn ich die Lydia so neben mir sitzen sah, da sagte ich es nun wirklich. Warum –?
Natürlich deswegen. In erster Linie ...? Ich weiß nicht. Wir wußten nur dieses: Eines der tiefsten Worte der deutschen Sprache sagt von zwei Leuten, daß sie sich nicht riechen können. Wir konnten es, und das ist, wenn es anhält, schon sehr viel. Sie war mir alles in einem: Geliebte, komische Oper, Mutter und Freund. Was ich ihr war, habe ich nie ergründen können.
Und dann die Altstimme. Ich habe sie einmal nachts geweckt, und, als sie aufschrak: „Sag etwas!“ bat ich. „Du Dummer!“ sagte sie und schlief lächelnd wieder ein. Aber ich hatte die Stimme gehört, ich hatte ihre tiefe Stimme gehört.
Und das dritte war das Missingsch. Manchen Leuten erscheint die plattdeutsche Sprache grob, und sie mögen sie nicht. Ich habe diese Sprache immer geliebt; mein Vater sprach sie wie hochdeutsch, sie, die „vollkommnere der beiden Schwestern“, wie Klaus Groth sie genannt hatte. Es ist

die Sprache des Meeres. Das Plattdeutsche kann alles sein: zart und grob, humorvoll und herzlich, klar und nüchtern und vor allem, wenn man will, herrlich besoffen. Die Prinzessin bog sich diese Sprache ins Hochdeutsche um, wie es ihr paßte – denn vom Missingschen gibt es hundert und aber hundert Abarten, von Friesland über Hamburg bis nach Pommern; da hat jeder kleine Ort seine Eigenheiten. Philologisch ist dem schwer beizukommen; aber mit dem Herzen ist ihm beizukommen. Das also sprach die Prinzessin – ah, nicht alle Tage! Das wäre ja unerträglich gewesen. Manchmal, zur Erholung, wenn ihr gerade so zu Mut war, sprach sie missingsch; sie sagte darin die Dinge, die ihr besonders am Herzen lagen, und daneben hatte sie im Laufe der Zeit schon viel von Berlin angenommen. Wenn sie ganz schnell „Allmächtiger Braten!" sagte, dann wußte man gut Bescheid. Aber mitunter sprach sie doch ihr Platt, oder eben jenes halbe Platt: missingsch.

Das weiß ich noch wie heute ... Das war, als wir uns kennenlernten. Ich war damals zum Tee bei ihr und bot den diskret lächerlichen Anblick eines Mannes, der balzt. Dabei sind wir ja rechtschaffen komisch ... Ich machte Plüschaugen und sprach über Literatur – sie lächelte. Ich erzählte Scherze und beleuchtete alle Schaufenster meines Herzens. Und dann sprachen wir von der Liebe. Das ist wie bei einer bayerischen Rauferei – die raufen auch erst mit Worten.

Und als ich ihr alles auseinandergesetzt hatte, alles, was ich im Augenblick wußte, und das war nicht wenig, und ich war so stolz, was für gewagte Sachen ich da gesagt hatte, und wie ich das alles so genau und brennendrot dargestellt und vorgeführt hatte, in Worten, so daß nun eigentlich der Augenblick gekommen war, zu sagen: „Ja, also dann ..." – da sah mich die Prinzessin lange an. Und sprach:

„Einen weltbefohrnen dschungen Mann –!"

Und da war es aus. Und ich fand mich erst viel später bei ihr wieder, immer noch lachend, und mit der erotischen Weihe war es nichts geworden. Aber mit der Liebe war es etwas geworden.

Der Zug hielt.

Die Prinzessin fuhr auf, öffnete die Augen. „Wo sind wir?" – „Es sieht aus wie Stolp oder Stargard – jedenfalls ist es etwas mit St", sagte ich. „Wie sieht es noch aus?" fragte sie. „Es sieht aus", sagte ich und blickte auf die Backsteinhäuschen und den trübsinnigen Bahnhof, „wie wenn hier Unteroffiziere geboren werden, die ihre Mannschaften schinden. Möchtest du hier Mittag essen?" Die Prinzessin schloß sofort die Augen. „Lydia", sagte ich, „wir können auch im Speisewagen essen, der Zug hat einen." – „Nein", sagte sie. „Im Speisewagen werden die Kellner immer von der Geschwindigkeit des Zuges angesteckt, und es geht alles so furchtbar eilig – ich habe aber einen langsamen Magen ..." – „Gut. Was liest du da übrigens, Alte?" – „Ich schlafe seit zwei Stunden auf einem mondänen Roman. Der einzige Körperteil, mit dem man ihn lesen kann ..." und dann machte sie die Augen wieder zu. Und wieder auf. „Guck eins ... die Frau da? Die is aber misogyn!" – „Was ist sie?" – „Misogyn ... heißt das nicht miekrig? Nein, das habe ich mit den Pygmäen verwechselt; das sind doch diese Leute, die auf Bäumen wohnen ... wie?" Und nach dieser Leistung entschlummerte sie aufs neue, und wir fuhren, lange, lange. Bis Warnemünde.

Da war der ‚Strom'. So heißt hier die Warne – war es die Warne? Peene, Swine, Dievenow ... oder hieß der Fluß anders? Es stand nicht dran. Mit Karlchen und Jakopp hatte ich der Einfachheit halber erfunden, jeder Stadt den ihr zugehörigen Fluß zu geben: Gleiwitz an der Gleiwe, Bitterfeld an der Bitter und so fort.

Hier am Strom lagen lauter kleine Häuser, eins beinah wie das andre, windumweht und so gemütlich. Segelboote steckten ihre Masten in die graue Luft, und beladene Kähne ruhten faul im stillen Wasser. „Guck mal, Warnemünde!"

„Diß kenn ich scha denn nu doch wohl bißchen besser als du. Harre Gott, nein ... Da ische den Strom, da bin ich sozusagen an groß gieworn! Da wohnt scha Korl Düsig un min oll Wiesendörpsch, un in das nüdliche lütte Haus, da wohnt Tappsier Kröger, den sind solche netten Menschen, as es auf diese ausgeklürte Welt sons gahnich mehr gibt ... Und das is Zenater Eggers sin Hus, Dree Linden. Un sieh mal: das alte Haus da mit den schönen Barockgiebel – da spükt es in!" – „Auf plattdeutsch?" fragte ich. „Du büschan ganzen mongkanten Mann; meins, den warnemünder Giespenster spüken

auf hochdeutsch rum – nee, allens was Recht is, Ordnung muß sein, auch inne vierten Dimenzion ...! Und ...“ Rrrums – der Zug rangierte. Wie fielen aneinander. Und dann erzählte sie weiter und erklärte mir jedes Haus am Strom, so weit man sehen konnte.
„Da – da is das Haus, wo die alte Frau Brüshaber in giewohnt hat, die war eins so fühnsch, daß ich'n beßres Zeugnis gehabt hab als ihre Großkinder; die waren ümme so verschlichen ... und da hat sie von 'n ollen Wiedow, dem Schulderekter, gesagt: Wann ick den Kierl inn Mars hat, ick scheet em inne Ostsee! Un das Haus hat dem alten Laufmüller gihört. Den kennst du nich auße Weltgeschichte? Der Laufmüller, der lag sich ümme inne Haare mit die hohe Obrigkeit, was zu diese Zeit den Landrat von der Decken war, Landrat Ludwig von der Decken. Und um ihn zu ägen, kaufte sich der Laufmüller einen alten räudigen Hund, und den nannte er Lurwich, und wenn nu Landrat von der Dekken in Sicht kam, denn rief Laufmüller seinen Hund: Lurwich, hinteh mich! und denn griente Laufmüller so finsch, und den Landrat ärgerte sich ... un davon haben wi auch im Schohr 1918 keine Revolutschon giehabt. Ja.“ – „Lebt der Herr Müller noch?“ fragte ich. „Ach Gott, neien – he ist all lang dod. Er hat sich giewünscht, er wollt an Weg begraben sein, mit dem Kopf grade an Weg.“ – „Warum?“ – „Dscha ... daß er den Mädchen so lange als möchlich untere Röcke ... Der Zoll!“ Der Zoll.
Europa zollte. Es betrat ein Mann den Raum, der fragte höflich, ob wir ... und wir sagten: nein, wir hätten nicht. Und dann ging der Mann wieder weg. „Verstehst du das?“ fragte Lydia. „Ich verstehe es nicht“, sagte ich. „Es ist ein Gesellschaftsspiel und eine Religion, die Religion der Vaterländer. Auf dem Auge bin ich blind. Sieh mal – sie können das mit den Vaterländern doch nur machen, wenn sie Feinde haben und Grenzen. Sonst wüßte man nie, wo das eine anfängt und wo das andere aufhört. Na, und das ginge doch nicht, wie ...?“ Die Prinzessin fand, daß es nicht ginge, und dann wurden wir auf die Fähre geschoben.
Da standen wir in einem kleinen eisernen Tunnel, zwischen den Dampferwänden. Rucks – nun wurde der Wagen angebunden. „Wissen möchte ich ...“, sagte die Prinzessin,

„warum ein Schiff eigentlich schwimmt. Es wiegt soviel: es müßte doch untergehn. Wie ist das! Du bist doch ein studierter Mann!" – „Es ist ... der Luftgehalt in den Schotten ... also paß mal auf ... das spezifische Gewicht des Wassers ... es ist nämlich die Verdrängung ..." – „Mein Lieber", sagte die Prinzessin, „wenn einer übermäßig viel Fachausdrücke gebraucht, dann stimmt da etwas nicht. Also, du weißt es auch nicht? Peter, daß du so entsetzlich dumm bist – das ist schade. Aber man kann ja wohl nicht alles beieinander haben." Wir wandelten an Bord.
Schiffslängs – backbord – steuerbord ... ganz leise arbeiteten die Maschinen. Warnemünde blieb zurück, unmerklich lösten wir uns vom Lande. Vorbei an der Mole – da lag die Küste.
Da lag Deutschland. Man sah nur einen flachen, bewaldeten Uferstreifen und Häuser, Hotels, die immer kleiner wurden, immer mehr zurückrückten, und den Strand ... War dies eine ganz leise, winzige, eine kaum merkbare Schaukelbewegung? Das wollen wir nicht hoffen. Ich sah die Prinzessin an. Sie spürte sogleich, wohinaus ich wollte. „Wenn du käuzest, min Jung", sagte sie, „das wäre ein Zückzeh fuh!" – „Was ist das?" – „Das ist Französisch" – sie war ganz aufgebracht – „nu kann der Dschung nich mal Französch, un hat sich do Jahrener fünf in Paris feine Bildung bielernt ... Segg mohl, was hasse da eigentlich inne ganze Zeit giemacht? Kann ich mi schon lebhaft vorstelln! Ümme mit die kleinen Dirns umher, nöch? Du bischa einen Wüstling! Wie sind denn nun die Französinnen? Komm, erzähl es mal auf Lydia – wir gehn hier rauf und runter, immer das Schiff entlang, und wenn dir schlecht wird, dann beugst du dich über die Reling, das ist in den Büchern immer so. Erzähl."
Und ich erzählte ihr, daß die Französinnen sehr vernünftige Wesen seien, mit einer leichten Neigung zu Kapricen, die seien aber vorher einkalkuliert, und sie hätten pro Stück meist nur einen Mann, den Mann, ihren Mann, der auch ein Freund sein kann, natürlich – und dazu vielleicht auch anstandshalber einen Geliebten, und wenn sie untreu seien, dann seien sie es mit leichtsinnigem Bedacht. Beinah jede zweite Frau aber hätte einen Beruf. Und sie regierten das Land ohne Stimmrecht – aber eben nicht mit den Beinen,

sondern durch ihre Vernunft. Und sie seien liebenswürdige Mathematik und hätten ein vernünftiges Herz, das manchmal mit ihnen durchginge, doch pfiffen sie es immer wieder zurück. Ich verstände sie nicht ganz. „Es scheinen Frauen zu sein“, sagte Lydia.
Die Fähre schaukelte nicht gerade – sie deutete das nur an. Auch ich deutete etwas an, und die Prinzessin befahl mich in den Speiseraum. Da saßen sie und aßen, und mir wurde gar nicht gut, als ich das sah – denn sie essen viel Fettes in Dänemark, und dieses war eine dänische Fähre. Die Herrschaften aßen zur Zeit: Spickaal und Hering, Heringsfilet, eingemachten Hering, dann etwas, was sie „sild“ nannten, ferner vom Baum gefallenen Hering und Hering schlechthin. Auf festem Land eins immer besser als das andere. Und dazu tranken sie jenen herrlichen Schnaps, für den die nordischen Völker, wie sie da sind, ins Himmelreich kommen werden. Die Prinzessin geruhte zu speisen. Ich sah ehrfürchtig zu; wie war eßfest. „Du nimmst gar nichts?“ fragte sie zwischen zwei Heringen. Ich sah die beiden Heringe an, die beiden Heringe sahen mich an, wir schwiegen alle drei. Erst als die Fähre landete, lebte ich wieder auf. Und die Prinzessin strich mir leise übers Knie und sagte ehrfürchtig: „Du bischa meinen kleinen Klaus Störtebeker!“ und ich schämte mich sehr.
Und dann ruckelten wir durch Laaland, das dalag, flach wie ein Eierkuchen, und wir kramten in unsern Zeitungen, und dann spielten wir das Bücherspiel: jeder las dem andern abwechselnd einen Satz aus seinem Buch vor, und die Sätze fügten sich gar schön ineinander. Die Prinzessin blätterte die Seiten um, ich sah auf ihre Hände … sie hatte so zuverlässige Hände. Einmal stand sie im Gang und sah zum Fenster hinaus, und dann ging sie fort, und ich sah sie nicht mehr. Ich tastete nach ihrem Täschchen, es war noch warm von ihrer Hand. Ich streichelte die Wärme. Und dann setzten sie uns wieder über ein Meerwasser, und dann rollten wir weiter, und dann – endlich! endlich! – waren wir in Kopenhagen.
„Wenn wir nach hinten heraus wohnen“, sagte ich im Hotel, „dann riecht es nach Küche, und außerdem muß noch vom vorigen Mal ein besoffener Spanier da sein, der komponiert sich seins auf dem Piano, und das macht er zehn Stunden

lang täglich. Wenn wir aber nach vorne heraus wohnen, dann klingelt da alle Viertelstunde die Rathausuhr und erinnert uns an die Vergänglichkeit der Zeit."
„Könnten wir nicht in der Mitte ... ich meine ..." Wir wohnten also nach dem Rathausplatz zu, und die Uhr klingelte, und es war alles sehr schön.
Lydia pickte auf ihrem Teller herum, mir sah sie bewundernd zu. „Du frißt ...", sagte sie freundlich. „Ich habe schon Leute gesehen, die viel gegessen haben – und auch Leute, die schnell gegessen haben ... aber so viel und so schnell ..." – „Der reine Neid –", murmelte ich und fiel in die Radieschen ein. Es war kein feines Abendessen, aber es war ein nahrhaftes Abendessen.
Und als sie sich zum Schlafen wendete und grade die Rathausuhr geklingelt hatte, da sprach sie leise, wie zu sich selbst:
„Jetzt auf See. Und dann so ein richtig schaukelndes Schiff. Und dann eine Tasse warmes Maschinenöl ..." Und da mußte ich aufstehn und viel Selterswasser trinken.

4

Ja, Kopenhagen.
„Soll ich dir das Fischrestaurant zeigen, in dem Ludendorff immer zu Mittag gegessen hat, als er noch eine Denkmalsfigur war?" – „Zeig es mir – nein, gehen wir lieber auf Lange Linie!" – Wir sahen uns alles an: den Tivolipark und das schöne Rathaus und das Thorwaldsen-Museum, in dem alles so aussieht, wie wenn es aus Gips wäre. „Lydia!" rief ich, „Lydia! Beinah hätt ich es vergessen. Wir müssen uns das Polysandrion ansehn!" – „Das ... was?" – „Das Polysandrion! Das mußt du sehn. Komm mit." Es war ein langer Spaziergang, denn dieses kleine Museum lag weit draußen vor der Stadt.
„Was ist das?" fragte die Prinzessin.
„Du wirst ja sehn", sagte ich. „Da haben sich zwei Balten ein Haus gebaut. Und der eine Polysander von Kuckers zu Tiesenhausen, ein baltischer Baron, vermeint, malen zu können. Das kann er aber nicht." – „Und deshalb gehn wir so

weit?“ – „Nein, deshalb nicht. Er kann also nicht malen, malt aber doch – und zwar malt er immerzu dasselbe, seine Jugendträume: Jünglinge ... und vor allem Schmetterlinge.“ – „Ja, darf er denn das?“ fragte die Prinzessin. „Frag ihn ... er wird da sein. Wenn er sich nicht zeigt, dann erklärt uns sein Freund die ganze Historie. Denn erklärt muß sie werden. Es ist wundervoll.“ – „Ist es denn wenigstens anständig?“ – „Führte ich dich dann hin, mein schwarzes Glück?“

Da stand die kleine Villa – sie war nicht schön und paßte auch gar nicht in den Norden; man hätte sie viel eher im Süden, in Oberitalien oder dortherum vermutet ... Wir traten ein.

Die Prinzessin machte große Kulleraugen, und ich sah das Polysandrion zum zweiten Mal.

Hier war ein Traum Wahrheit geworden – Gott behüte uns davor! Der brave Polysander hatte etwa vierzig Quadratkilometer teurer Leinwand vollgemalt, und da standen und ruhten nun die Jünglinge, da schwebten und tanzten sie, und es war immer derselbe, immer derselbe. Blaßrosa, blau und gelb; vorn waren die Jünglinge, und hinten war die Perspektive.

„Die Schmetterlinge!“ rief Lydia und faßte meine Hand. „Ich flehe dich an“, sagte ich, „nicht so laut! Hinter uns kriecht die Aufwärterin herum, und die erzählt nachher alles dem Herrn Maler. Wir wollen ihm doch nicht weh tun.“ Wirklich: die Schmetterlinge. Sie gaukelten in der gemalten Luft, sie hatten sich auf die runden Schultern der Jünglinge gesetzt, und während wir bisher geglaubt hatten, Schmetterlinge ruhten am liebsten auf Blüten, so erwies sich das nun als ein Irrtum: diese hier saßen den Jünglingen mit Vorliebe auf dem Popo. Es war sehr lyrisch.

„Nun bitte ich dich ...“, sagte die Prinzessin. „Still!“ sagte ich. „Der Freund!“ Es erschien der Freund des Malers, ein ältlicher, sympathisch aussehender Mann; er war bravbürgerlich angezogen, doch schien es, als verachtete er die grauen Kleider unseres grauen Jahrhunderts, und der Anzug vergalt ihm das. Er sah aus wie ein Ephebe a. D. Murmelnd stellte er sich vor und begann zu erklären. Vor einem Jüngling, der stramm mit Schwert und Schmetterling dastand und die

Rechte wie zum Gruß an sein Haupt gelegt hatte, sprach der Freund in schönstem baltischem Tonfall, singend und mit allen rollenden Rrrs: „Was Sie hier sehn, ist der völlich verjäistichte Militarrismus!“ Ich wendete mich ab – vor Erschütterung. Und wir sahen tanzende Knaben, sie trugen Matrosenanzüge mit Klappkragen, und ihnen zu Häupten hing eine kleine Lampe mit Bommelfransen, solch eine, wie sie in den Korridoren hängen –: ein möbliertes Gefilde der Seligen. Hier war ein Paradies aufgeblüht, von dem so viele Seelenfreunde des Malers ein Eckchen in der Seele trugen; ob es nun die ungerechte Verfolgung war oder was immer: wenn sie schwärmten, dann schwärmten sie in sanftem Himmelblau, sozusagen blausa. Und taten sich sehr viel darauf zugute. Und an einer Wand hing die Fotografie des Künstlers aus seiner italienischen Zeit; er war nur mit Sandalen und einem Hoihotoho-Speer bekleidet. Man trug also Bauch in Capri.

„Da bleibt einem ja die Luft weg!“ sagte die Prinzessin, als wir draußen waren. „Die sind doch keineswegs alle so ...?“ – „Nein, die Gattung darf man das nicht entgelten lassen. Das Haus ist ein stehengebliebenes Plüschsofa aus den neunziger Jahren; keineswegs sind sie alle so. Der Mann hätte seine Schokoladenbildchen gradesogut mit kleinen Feen und Gnomen bevölkern können ... Aber denk dir nur mal ein ganzes Museum mit solch realisierten Wunschträumen – das müßte schön sein!“

„Und dann ist es so – blutärmlich!“ sagte die Prinzessin. „Na, jeder sein eigner Unterleib! Und daraufhin wollen wir wohl einen Schnaps trinken!“ Das taten wir.

Stadt und Straßen ... der große Tiergarten, der dem König gehört und in dem die wilden zahmen Hirsche herumlaufen und sich, wenn es ihnen grade paßt, am Hals krauen lassen, und so hohe, alte Bäume ...

Abfahrt. „Wie wird das eigentlich mit der Sprache?“ fragte die Prinzessin, als wir im Zug nach Helsingör saßen. „Du warst doch schon mal da. Sprichst du denn nun gut schwedisch?“ – „Ich mache das schon“, sagte ich. „Erst spreche ich deutsch, und wenn sie das nicht verstehn, englisch, und wenn sie das nicht verstehn, platt – und wenn das alles nichts hilft, dann hänge ich an die deutschen Wörter die En-

dung as an, und dieses Sprechas verstehas sie ganz gut." Das hatte grade noch gefehlt. Es gefiel ihr ungemein, und sie nahm es gleich in ihren Sprachschatz auf. „Ja – also nun kommt Schweden. Ob wir etwas in Schweden erlebas? Was meinst du?" – „Ja, was sollten wir wohl auf einem Urlaub erleben ...? Ich dich, hoffentlich." – „Weißt du", sagte die Prinzessin, „ich bin noch gar nicht auf Reisen, ich sitze hier neben dir im Coupé; aber in meinem Kopf dröhnt es noch, und ... Allmächtiger Braten!" – „Was ist?" – „Ich habe vergessen, an Tichauer zu telefonieren!" – „Wer ist Tichauer?" – „Tichauer ist Direktor der NSW – der Norddeutschen Seifenwerke. Und der Alte hat gesagt, ich solle ihm abtelefonieren, weil er doch verreist ... und da ist die Konferenz am Dienstag ... ach du liebes Gottchen, behüte mein Lottchen vor Hunger, Not und Sturm und vor dem bösen Hosenwurm. Amen." – „Also was wird nun?" – „Jetzt werden wir telegrafieren, wenn wir in Helsingör auf die Fähre steigen. Du allmächtiger Braten! Daddy, Berlin läuft doch immer mit. Das dauert mindestens vierzehn Tage, bis man es einigermaßen los ist, und wenn man es glücklich vergessen hat, dann muß man wieder zurück. Das ist ein fröhlicher Beruf ..." – „Beruf ... Ich hielt es mehr für eine Beschäftigung." – „Du bist ein Schriftsteller – aber recht hast du doch. Lenk mich ab. Steig mal auf die Bank und mach mal einen. Sing was – wozu hab ich dich mitgenommen?" Nur Ruhe und Geduld konnten es machen ... „Sieh mal, Hühner auf dem Wasser!" sagte ich. „Hühner? Was für welche?" – „Gesichtshühner. Der Naturforscher Jakopp unterscheidet zweierlei Sorten von Hühnern: die Gesichtshühner, die man nur sehen, und die Speisehühner, die man auch essen kann. Dies sind Gesichtshühner. Finnste die Natur hier?" – „Etwas dünn, um die Wahrheit zu sagen. Wenn man nicht wüßte, daß es Dänemark ist und wir gleich nach Schweden hinüberfahren –"
Und da hatte sie nun recht. Denn nichts lenkt den Menschen so von seinem gesunden Urteil ab wie geographische Ortsnamen, geladen mit alter Sehnsucht und bepackt mit tausend Gedankenverbindungen, und wenn er dann hinkommt, ist es alles halb so schön. Aber wer traut sich denn, das zu sagen –!
Helsingör. Wir telegrafierten an Tichauer. Wir stiegen auf

die kleine Fähre.
Unten im Schiffsrestaurant saßen drei Österreicher; offenbar waren es altadlige Herren, einer hatte eine ganz abregierte Stimme. Er kniff grade die Augen zu merkwürdig zu, wie das einer tut, der mit der Zigarre im Mund zahlen muß. Und dann hörte ich ihn murmeln: „Ein g'schäiter Buuursch (mit drei langen u) – aber etwas medioker ..." Ich bin gegen den Anschluß.
Oben standen wir dann am Schiffsgeländer, atmeten die reine Luft und blickten auf die beiden Küsten – die dänische, die zurückblieb, und die schwedische, der wir uns näherten. Ich sah die Prinzessin von der Seite an. Manchmal war sie wie eine fremde Frau, und in diese fremde Frau verliebte ich mich immer aufs neue und mußte sie immer aufs neue erobern. Wie weit ist es von einem Mann zu einer Frau! Aber das ist schön, in eine Frau wie in ein Meer zu tauchen. Nicht denken ... Viele von ihnen haben Brillen auf, sie haben es im eigentlichen Sinne des Wortes verlernt, Frau zu sein – und haben nur noch den dünnen Charme. Hol ihn der Teufel. Ja, wir wollen wohl ein bißchen viel: kluge Gespräche und Logik und gutes Aussehen und ein bißchen Treue und dann dieser nie zu unterdrückende Wunsch, von der Frau wie ein Beefsteak gefressen zu werden, daß die Kinnbacken krachen ... „Hast du schwedischen Geldes?" fragte die Prinzessin träumerisch. Sie führte gern einen gebildeten Genitiv spazieren und war demzufolge sehr stolz darauf, immer ‚Rats' zu wissen. „Ja, ich habe schwedische Kronen", sagte ich. „Das ist ein hübsches Geld – und deshalb werden wir es auch nur vorsichtig ausgeben." – „Geizvettel", sagte die Prinzessin. Wir besaßen eine gemeinsame Reisekasse, an der hatten wir sechs Monate herumgerechnet. Und nun waren wir in Schweden.
Der Zoll zollte. Die Schweden sprechen anders deutsch als die Dänen: die Dänen hauchen es, es klingt bei ihnen federleicht, und die Konsonanten liegen etwa einen halben Meter vor dem Mund und vergehen in der Luft, wie ein Gezirp. Bei den Schweden wohnt die Sprache weiter hinten, und dann singen sie so schön dabei ... Ich protzte furchtbar mit meinen zehn schwedischen Wörtern, aber sie wurden nicht verstanden. Die Leute hielten mich sicherlich für einen ganz

besonders vertrackten Ausländer. Kleines Frühstück. „Die Bouillon", sagte die Prinzessin, „sieht aus wie Wasser in Halbtrauer!" – „So schmeckt sie auch."
Und dann fuhren wir gen Stockholm. Sie schlief.
Der, der einen Schlafenden beobachtet, fühlt sich ihm überlegen – das ist wohl ein Überbleibsel aus alter Zeit, vielleicht schlummert da noch der Gedanke: er kann mir nichts tun, aber ich ihm. Dieser Frau gab der Schlaf wenigstens kein dümmliches Aussehen; sie atmete fest und ruhig, mit geschlossenem Mund. So wird sie aussehen, wenn sie tot sein wird. Dann liegt der Kopf auf einem Brett – immer, wenn ich an den Tod denke, sehe ich ein ungehobeltes Brett mit kleinen Holzfäserchen; dann liegt sie da und ist wachsgelb und, wie uns andern scheint, sehr ehrfurchtgebietend. Einmal, als wir über den Tod sprachen, hatte sie gesagt: „Wir müssen alle sterben – du früher, ich später" – in diesem Kopf war so viel Mann. Der Rest war, Gott seis gelobt, eine ganze Frau.
Sie wachte auf. „Wo sind wir?" – „In Rüdesheim an der Rüde." Und da tat sie etwas, wofür ich sie besonders liebte, sie tat es gern in den merkwürdigsten, in den psychologischen Augenblicken: sie legte die Zunge zwischen die Zähne und zog sie rasch zurück: sie spuckte blind. Und dafür bekam sie einen Kuß – auf dieser Reise schienen wir immer in leeren Abteilen zu sitzen – und gleich wandte sie einen frisch gelernten dänischen Fluch an: „Der Teufel soll dich hellrosa besticken!" und nun fingen wir an zu singen

In Kokenhusen
singt eine Nachtigall
wohl an der Düna Strand.
Und die Nachtigall
mit dem süßen Schall
legt ein Kringelchen in mei-ne Hand –!

Und grade, als wir im besten Singen waren, da tauchten die ersten Häuser der großen Stadt auf. Weichen knackten, der Zug schepperte über eine niedrige Brücke, hielt. Komm raus! Die Koffer. Der Träger. Ein Wagen. Hotel. Guten Tag. Stockholm.

5

„Was machen wir nun?“ fragte ich, als wir uns gewaschen hatten. Der Himmel lag blau über vier Schornsteinen – das war es, was wir zunächst von Stockholm sehen konnten. „Ich meine so“, sagte die Prinzessin, „wir nehmen uns erst mal einen Dolmetscher – denn du sprichst ja sehr schön schwedisch, sehr schön ... aber es muß altschwedisch sein, und die Leute sind hier so ungebildet. Wir nehmen uns einen Dolmetscher, und mit dem fahren wir über Land und suchen uns eine ganz billige Hütte, und da sitzen wir still, und dann will ich nie wieder einen Kilometer reisen.“

Wir spazierten durch Stockholm.

Sie haben ein schönes Rathaus und hübsche neue Häuser, eine Stadt mit Wasser ist immer schön. Auf einem Platz gurrten die Tauben. Der Hafen roch nicht genug nach Teer. Wunderschöne junge Frauen gingen durch die Straßen ... von einem geradezu lockenden Blond. Und Schnaps gab es nur zu bestimmten Stunden, wodurch wir unbändig gereizt wurden, welchen zu trinken – er war klar und rein und tat keinem etwas, solange man nüchtern blieb. Und wenn man ihn getrunken hatte, nahm der Kellner das Gläschen rasch wieder fort, wie wenn er etwas Unpassendes begünstigt hätte. In einem Schaufenster der Vasagatan lag eine schwedische Übersetzung des letzten Berliner Schlagers. Eh – und sonst haben Sie nichts von Stockholm gesehn? Was? Der Nationalcharakter ... wie? Ach, lieben Freunde! Wie einförmig sind doch unsere Städte geworden! Fahrt nur nach Melbourne – ihr müßt erst lange mit den Kaufleuten konferieren und disputieren; ihr müßt, wenn ihr sie wirklich kennenlernen wollt, ihre Töchter heiraten oder Geschäfte mit ihnen machen, oder, noch besser, mit ihnen erben; ihr müßt sie über das aushorchen, was in ihnen ist ... sehn könnt ihr das nicht auf den ersten Blick. Was seht ihr? Überall klingeln die Straßenbahnen, heben die Schutzleute ihre weißbehandschuhten Hände, überall prangen die bunten Plakate für Rasierseife und Damenstrümpfe ... die Welt hat eine abendländische Uniform mit amerikanischen Aufschlägen angezogen. Man kann sie nicht mehr besichtigen, die Welt – man muß mit ihr leben oder gegen sie.

Der Dolmetscher! Die Prinzessin wußte Rats, und wir gingen zum Büro einer Touristen-Vereinigung. Ja, einen Dolmetscher hätten sie vielleicht. Doch. Ja.
Bedächtig geht das in Schweden zu – sehr bedächtig. In Schweden gibt es zwei Völkerstämme: den gefälligen Schweden, einen freundlichen, stillen Mann – und den ungefälligen. Das ist ein gar stolzer Herr, man kann ihm seinen Eigensinn mit kleinen Hämmern in den Schädel schlagen: er merkt es gar nicht. Wir waren an den gefälligen Typus gekommen. Einen Dolmetscher, den hätten sie also, und sie würden ihn morgen früh ins Hotel schicken. Und dann gingen wir essen.
Die Prinzessin verstand viel vom Essen, und hier in Schweden aßen sie gut, solange es bei den kalten Vorgerichten blieb – dem Smörgasbrot. Unübertrefflich. Ihre warme Küche war durchschnittlich, und vom Rotwein verstanden sie gar nichts, was mir viel Kummer machte. Die Prinzessin trank wenig Rotwein. Dagegen liebte sie – als einzige Frau, die ich je getroffen habe – Whisky, von dem die Frauen sonst sagen, er schmecke nach Zahnarzt. Er schmeckt aber, wenn er gut ist, nach Rauch.
Am nächsten Morgen kam der Dolmetscher.
Es erschien ein dicker Mann, ein Berg von einem Mann – und der hieß Bengtsson. Er konnte spanisch sprechen und sehr gut englisch und auch deutsch. Das heißt: ich horchte einmal ... ich horchte zweimal ... dieses Deutsch mußte er wohl in Emerrika gelernt haben, denn es hatte den allerschönsten, den allerfarbigsten, den allerlustigsten amerikanischen Akzent. Er sprach deutsch wie ein Zirkus-Clown. Aber er war das, was die Berliner „richtig“ nennen – er verstand sofort, was wir wollten, er versank in Karten, Fahrplänen und Prospekten, und am Nachmittag trollten wir von dannen.
Wir fuhren nach Dalarne. Wir fuhren in die Umgebung Stockholms. Wir warteten auf Zuganschlüsse und rumpelten über staubige Landwege in die abgelegensten Dörfer. Wir sahen verdrossene Fichten und dumme Kiefern und herrliche, alte Laubbäume und einen blauen Sommerhimmel mit vielen weißen Wattewolken, aber was wir suchten, das fanden wir nicht. Was wir denn wollten? Wir wollten ein ganz stilles, ein ganz kleines Häuschen, abgelegen, bequem, friedlich,

mit einem kleinen Gärtchen ... wir hatten uns da so etwas Schönes ausgedacht. Vielleicht gab es das gar nicht?
Der Dicke war unermüdlich. Während wir herumfuhren und suchten, fragten wir ihn des nähern nach seinem Beruf. Ja, er führte also die Fremden durch Schweden. Ob er denn alles wüßte, was er ihnen so erzählte. Keine Spur – er hatte lange in Amerika gelebt und kannte seine Amerikaner. Zahlen! Er nannte ihnen vor allem einmal Zahlen: Jahreszahlen und Größenangaben und Preise und Zahlen, Zahlen, Zahlen ... Falsch konnten sie nicht sein. Mit uns sprach er von Tag zu Tag fließender deutsch, aber es wurde immer amerikanischer. „Fourteen days ago“, hieß eben „Virrzehn Tage zerrick“, und so war alles. „Drei Wochen zerrick“, sagte er, als wir grade wieder von einer ergebnislosen Expedition zurückgekommen waren und zu Abend aßen, „drei Wochen zerrick – da war eine amerikanische Familie in Stockholm. Ich habe zu ihnen gesagt, wenn man nur einmal in Emerrika gewesen ist, dann meint man, die ganze andre Welt ist eine Kolonie von Emmerika. Ja. Danach haben mich die Leute sehr gähn gehabt. Prost!“ – Prost? Wir waren hier in Schweden, der Mann hatte ‚Skal!‘ zu sagen. Und ‚Skal‘, das ist eigentlich ‚Schale‘. Und weil die Prinzessin eine arme Ausländerin war, die uns Schweden nicht so verstand, so sagte ich „Schale auf Ihnen!“, und das verstanden wir alle drei. Der Dicke bestellte sich noch einen kleinen Schnaps. Träumerisch sah er ins Glas. „In Göteborg wohnt ein Mann, der hat einen großen Keller – da hat er alles drin: Whisky und Branntwein und Cognac und Rotwein und Weißwein und Sekt. Und das trinkt der Mann nicht aus – das bewahrt sich der Mann alles auf! Ich finde das ganz großartig –!“ Sprachs und kippte den seinigen.
Aber nun verging ein Tag nach dem andern, und wir hatten viele Gespräche mitangehört, hatten unzählige Male vernommen, wie die Leute sagten, was die Schweden immer sagen, in allen Lagen des menschlichen Lebens: „Jasso ...“ und auch ihr „Nedo“ und was man so spricht, wenn man nichts zu sagen hat. Und der Dicke hatte uns in viele schöne Gegenden geführt, durch wundervolle, satte Wälder – „Hier sind schöne Läube!“ sagte er, und das war die Mehrzahl von „Laub“ – und nun fing die Prinzessin an aufzumucken. „He

lacht sik 'n Stremel", sagte sie. „Meinen lieben guten Daddy! Wi sünd doch keine Rockefellers! Nu ornier doch endlich mal enägisch ne Dispositschon an, daßn weiß, woanz un woso!"
Was nun –? Der Dicke ging nachdenklich, aber mit der Welt soweit ganz zufrieden, vor uns hin; er stapfte mit seinem Stock auf das Pflaster und dachte emsig nach; man konnte an seinem breiten Rücken sehen, wie er dachte. Dann brummte er, denn er hatte etwas gefunden. „Wir fahren nach Mariefred", sagte er. „Das ist ein kleiner Ort ... das ist all right! Morgen fahren wir!" „Wenn wir da nichts finden, Daddy, dann stech ich dir inne Kleinkinnerbiewohranstalt und kutschier bei mein Alten nach Abbazia. Dor kannst du man upp aff!"
Aber am nächsten Tag sahen wir etwas.
Mariefred ist eine klitzekleine Stadt am Mälarsee. Es war eine stille und friedliche Natur, Baum und Wiese, Feld und Wald – niemand aber hätte von diesem Ort Notiz genommen, wenn hier nicht eines der ältesten Schlösser Schwedens wäre: das Schloß Gripsholm.
Es war ein strahlend heller Tag. Das Schloß, aus roten Ziegeln erbaut, stand leuchtend da, seine runden Kuppeln knallten in den blauen Himmel – dieses Bauwerk war dick, seigneural, eine bedächtige Festung. Bengtsson winkte dem Führer ab, Führer war er selber. Und wir gingen in das Schloß.
Viele schöne Gemälde hingen da. Mir sagten sie nichts. Ich kann nicht sehen. Es gibt Augenmenschen, und es gibt Ohrenmenschen, ich kann nur hören. Eine Achtelschwingung im Ton einer Unterhaltung: das weiß ich noch nach vier Jahren. Ein Gemälde? Das ist bunt. Ich weiß nichs vom Stil dieses Schlosses – ich weiß nur: wenn ich mir eins baute, so eins baute ich mir.
Herr Bengtsson erklärte uns das Schloß, wie er es seinen Amerikanern erklärt hätte, der Spiritus sang aus ihm, und nach jeder Jahreszahl sagte er: „Aber so genau weiß ich das nicht", und dann sahen wir im Baedeker nach, und es war alles, alles falsch – und wir freuten uns mächtig. Ein Kerker war da, in dem Gustav der Verstopfte Adolf den Unrasierten jahrelang eingesperrt hatte, und so dicke Mauern hatte das

Schloß, und einen runden Käfig für die Gefangenen gab es und ein schauerliches Burgloch oder eine Art Brunnen ... Menschen haben immer Menschen gequält, heute sieht das nur anders aus. Am allerschönsten war das Theater. Sie hatten in der Burg ein kleines Theater – vielleicht damit sie sich während der Belagerungen nicht so langweilen mußten. Ich setzte mich auf eines der Bänkchen im Zuschauerraum und führte mir eine Schäferkomödie auf, in der geliebt und gestochen, geschmachtet und zierlich gesoffen wurde – und nun wurde die Prinzessin sehr energisch. „Jetzt oder nie!" sagte sie. „Herr Bengtsson – also!"
Wie alle gutmütigen Männer hatte der Dicke Angst vor Frauen – er beugte seine Seele, wie ein Wanderer den Rükken unter den Regenschauern beugt, und er strengte sich gewaltig an und ging gar sehr ins Zeug. Er telefonierte lange und verschwand.
Nach dem Mittagessen kam er fröhlich an, sein Fett wogte vor Zufriedenheit. „Kommen Sie mit!" sagte er.
Das Schloß hatte einen Anbau – auf eine Frage hätte der Dicke sicherlich gesagt: aus dem einundzwanzigsten Jahrhundert ... es war ein neuerer Bau, langgestreckt, glatt in der Fassade, hübsch. Wir gingen hinein. Drinnen empfing uns eine sehr freundliche alte Dame. Es ergab sich, daß hier in diesem Schloßanbau zwei Zimmer und dazu noch ein kleineres zu vermieten waren. Hier im Schloß? Zweifelnd sah ich Herrn Bengtsson an. Hier im Schloß. Und bekochen wollte sie uns auch. Aber würden uns denn nicht die zahllosen Touristen stören, die da kommen und die Gemälde und Folterkammer sehen mußten? Sie kämen nur sonntags, und sie kämen überhaupt nicht hierher, sondern sie gingen dortherum ...
Wir besichtigten die Zimmer. Sie waren groß und schön; alte Einrichtungsstücke des Schlosses standen darin, in einem schweren behaglichen Stil; ich sah keine Einzelheiten mit meinen blinden Augen – aber es sprach zu mir. Und es sagte: Ja.
Aus einem Fenster blickte man auf das Wasser, aus einem andern in einen stillen kleinen Park. Die Prinzessin, die die Vernunft ihres Geschlechts hatte, sah sich inzwischen an, wo man sich waschen konnte und wie es mit den Lokalitäten be-

stellt wäre ... und kam zufrieden zurück. Der Preis war erstaunlich billig. „Wie kommt das?“ fragte ich den Dicken; wir sind selbst dem Glück gegenüber so argwöhnisch. Die Dame im Schloß täte es aus Freundlichkeit für ihn, denn sie kannte ihn, auch kamen selten Leute hierher, die lange bleiben wollten. Mariefred war als kleiner Ausflugsort bekannt; man weiß, wie solche Bezeichnungen den Plätzen anhaften. Da mieteten wir.

Und als wir gemietet hatten, sprach ich die goldenen Worte meines Lebens: „Wir hätten sollen ...“ und bekam von der Prinzessin einen Backenstreich: „Oll Krittelkopp!“ Und dann begossen wir die Mietung mit je einem großen Branntwein, wir alle drei. „Kennen Sie die Frau im Schloß gut? Sie ist doch nett zu uns?“ fragte ich Herrn Bengtsson. „Wissen Sie“, sagte er nachdenklich, „den Affen kennen alle – aber der Affe kennt keinen.“ Und das sahen wir denn auch ein. Und dann verabschiedete sich der Dicke. Die Koffer kamen, und wir packten aus, stellten die Möbel so lange um, bis sie alle wieder auf demselben Platz standen wie zu Anfang ... die Prinzessin badete Probe, und ich mußte mich darüber freuen, wie sie nackt durchs Zimmer gehen konnte – wirklich wie eine Prinzessin. Nein, gar nicht wie eine Prinzessin: wie eine Frau, die weiß, daß sie einen schönen Körper hat. „Lydia“, sagte ich, „in Paris war einmal eine Holländerin, die hat sich auf ihren Oberschenkel die Stelle tätowieren lassen, auf die sie am liebsten geküßt werden wollte. Darf ich fragen ...“ Sie antwortete. Und es beginnt nunmehr der Abschnitt

6

Wir lagen auf der Wiese und baumelten mit der Seele.

Der Himmel war weiß gefleckt; wenn man von der Sonne recht schön angebraten war, kam eine Wolke, ein leichter Wind lief daher, und es wurde ein wenig kühl. Ein Hund trottete über das Gras, dahinten. „Was ist das für einer?“ fragte ich. „Das ist ein Bulldackel“, sagte die Prinzessin. Und dann ließen wir wieder den Wind über uns hingehen und sagten gar nichts. Das ist schön, mit jemand schweigen zu

können.
„Junge“, sagte sie plötzlich. „Es ist ganz schrecklich – aber ich bin noch nicht hier. Gott segne diese Berliner Arbeit. In meinem Kopf macht es noch immer: Burr-burr ... Der Alte und all das Zeugs ...“
„Wie ist der Alte jetzt eigentlich?“ fragte ich faul.
„Na ... wie immer ... Er ist dick, neugierig, feige und schadenfroh. Aber sonst ist er ein ganz netter Mensch. Dick – das wäre ja zu ertragen. Ich habe dicke Männer ganz gern.“ Ich machte eine Bewegung, „Brauchst dir gar nichts einzubilden ... Dein bißchen Fett!“
„Du glaubst wohl, weil du Lydia heißt, du wärst was Beßres! Ich will dir mal was sagen ...“ Nachdem sich die Unterhaltung wieder gesetzt hatte:
„Also gut, dick. Aber seine Neugier ... er hätte am liebsten, ich erzählte ihm jeden Tag einen neuen Klatsch aus der Branche. Er ist ein seelischer Voyeur. Er selbst nimmt an den meisten Dingen gar nicht richtig teil; aber er will ganz genau wissen, was die andern machen und wie sie es machen und mit wem, und wieviel sie wohl verdienen – das vor allem! Und wovon sie leben ... Wie? Wie er das Geld verdient? Das macht er durch seine rücksichtslose Frechheit. Daddy, das lernen wir ja nie! Ich sehe das nun schon vier Jahre mit an, wie der Herr Generalkonsul zum Beispiel nicht zahlt, wenn er zahlen soll ... Wir könnten das nicht, deshalb kommen wir ja auch nicht zu Geld. Das muß man mitansehn! Da kann aber kommen, wer will; diese eiserne Stirn, mit der er unterschriebene Verträge verdreht, ableugnet, sich plötzlich nicht mehr erinnert, wie er sich verleugnen läßt ... nein, Daddy, du lernst es nicht. Du willst es doch immer lernen! Du lernst es nicht!“
„Lassen die Leute sich denn das gefallen?“
„Was sollen sie denn machen? Wenn es Ihnen nicht paßt, sagt er, dann klagen Sie doch! Aber ich beziehe dann bei Ihnen nichts mehr! Und das hält er auch eisern durch. Das wissen die Leute ganz genau – sie geben schließlich nach. Neulich haben wir doch das ganze Büro renovieren lassen – was er da mit den Handwerkern getrieben hat! Ja, aber auf diese Weise kommt man nach Abbazia, und die Handwerker fahren mit der Hand übern Alexanderplatz. So gleicht sich alles

im Leben aus."
„Und wieso ist er schadenfroh?"
„Das muß ein Erbfehler sein – an dieser Schadenfreude haben offenbar Generationen mitgearbeitet. Einer allein schafft das nicht. Ich glaube, wenn ihm sein bester Freund einen Gefallen tun will, dann muß er sich zum Geburtstag vom Chef das Bein brechen. Ich habe so etwas noch nicht gesehn. Der Mann sucht gradezu nach Gelegenheiten, wo er sich über das Malheur eines andern freuen kann ... Es ist vielleicht, um sich die eigne Überlegenheit zu beweisen; wenn er frech wird, hält er sich für sehr überlegen. Das muß es wohl sein. Er ist so unsicher ..."
„Das sind sie beinah alle. Ist dir noch nicht aufgefallen, wieviel Frechheit durch Unsicherheit zu erklären ist?"
„Ja ... Das ist eine vergnügte Stadt! Aber was soll ich machen? Da sagen sie: So eine Frau wie Sie! ... Wenn ich das schon höre! ... Irgendeinen Stiesel heiraten ... Du lachst. Daddy, ich kann mit diesen Brüdern nicht leben. Na ja, das Geld. Aber es ist doch nicht bloß der Schlafwagen und das große Auto; das Schlimmste ist doch, wenn sie dann reden! Und wenn sie erst anfangen, sich gehenzulassen ... Komm, es wird kühl."
Der Uhr nach wurde es nun langsam Abend; hier aber war noch alles hell, es waren die hellen Nächte, und wenn Gripsholm auch nicht gar so nördlich lag, so wurde es dort nur für einige Stunden dunkel, und ganz dunkel wurde es nie. Wir gingen über die Wiesen und blickten auf das Gras.
„Wir wollen zu Abend essas!" sagte die Prinzessin auf schwedisch.
Wir aßen, und ich trank sehr andächtig Wasser dazu. Wenn man in ein fremdes Land kommt, dann muß man erst einmal das fremde Wasser in sich hineingluckern lassen, das gibt einem den wahren Geschmack der Fremde. Da saßen wir und rauchten. So – und jetzt begannen die Ferien, die richtigen Ferien.
Die Vorhänge des Schlafzimmers waren dicht zugezogen und mit Nadeln zugesteckt. Männer können nur im tiefen Dunkel schlafen; die Prinzessin hielt das gradezu für ein männliches Geschlechtsmerkmal. Ich las. „Raschle nicht so bösartig mit der Zeitung!" sagte sie.

In dieser Nacht drehte sich die Prinzessin um und schlief wie ein Stein. Sie atmete kaum; ich hörte sie nicht. Ich las.

Es ist vorgekommen, daß ich nachts, in wilder Traumfurcht, aufgefahren bin und mich an die Prinzessin geklammert habe ... wie lächerlich! „Willst du mich retten?" fragte sie dann lachend. Das ist zwei-, dreimal geschehen – oft wußte ich es gar nicht. „Heute nacht hast du mich wieder gerettet ...", sagte sie dann am nächsten Morgen. Aber nun waren Ferien; heute nacht würde ich sie bestimmt nicht retten. Ich legte meine Hand hinüber, auf die Schlafende. Sie seufzte leise und veränderte ihre Lage. Schön ist Beisammensein. Die Haut friert nicht. Alles ist leise und gut. Das Herz schlägt ruhig. Gute Nacht, Prinzessin.

ZWEITES KAPITEL

All to min Besten, sä de Jung – dor slögen
se em den Stock upn Buckel entzwei.

1

Das Kind stand am Fenster und dachte so etwas wie: Wann hört dies auf? Dies hört nie auf. Wann hört dies auf?
Es hatte beide Arme auf das Fensterbrett gestützt, das durfte es nicht – aber es war für einen Augenblick, für einen winzigen, gestohlenen Augenblick, allein. Gleich würden die andern kommen; man spürte das zuerst im Rücken, der nun der Tür zugewendet war, der Rücken kitzelte erwartungsvoll. Wenn die andern kommen, ist es aus. Denn dann kommt *sie*.
Das kleine Mädchen schüttelte sich: es war wie die schnelle leise Bewegung eines Hundes, der Wasser abschüttelt. Das, was das Kind bedrückte, brauchte es nicht erst zu überdenken: es saß inmitten seiner kleinen Leiden wie auf einem Lotosblatt, zwischen andern Lotosblättern, und alle runden Blätter sahen es an – das Kind in der Mitte. Und es kannte sie alle, seine Leidensblätter.
Die andern Kinder – sein Spitzname ‚Das Kind' – dieses Kinderheim in Schweden – der tote Will, und nun stieg die Kurve der Furcht siedend-rot nach oben: Frau Adriani, die rothaarige Frau Adriani – und dahinter dann das traurigste:

Mutti in Zürich. Es war zu viel. Das Kind zählte neun Jahre – es war zu viel für neun Jahre. Nun weinte es das bitterste Weinen, das Kinder weinen können: jenes, das innerlich geweint wird und das man nicht hört.
Trappeln. Schnurren. Türenklappen. Kein Wort: eine stumme Schar näherte sich. Also war sie dabei. Du großer Gott –
Die Tür öffnete sich majestätisch, als habe sie sich allein aufgetan. Im Rahmen stand die Frau Direktor, der ‚Teufelsbraten': die Adriani. Ihren Beinamen hatte sie von ihrem Lieblingsschimpfwort. Sie war nicht sehr groß: eine stämmige, untersetzte Person, mit rötlichem Haar, graugrünlichen Augen und fast unsichtbaren Augenbrauen. Sie sprach schnell und hatte eine Art, Leute anzusehen, die keinem guttat ...
„Was machst du hier?" Das Kind duckte sich. „Was du hier machst?" Sie ging dabei auf die Kleine zu und gab ihr eine Art Knuff gegen den Kopf – es war nicht einmal eine Ohrfeige; der Schlag ignorierte, daß da ein Kopf war: er verfügte nur über das vorhandene Material. Zufällig war es ein Kopf. „Ich habe ... ich ... ich bin ..." – „Du bist ein Teufelsbraten", sagte die Adriani. „Drückst dich hier oben herum, während unten geturnt wird! Heute abend kein Essen! In die Schar!" Das Kind schlich unter die andern; sie machten ihm hochmütig und mit artigem Abscheu Platz.
Dies war eine Kinderkolonie, Läggesta, in der viele deutsche Kinder waren und auch einige schwedische und dänische. Frau Adriani nützte ihr Besitztum am Mälarsee auf diese Weise gut aus. Zwei Nichten halfen ihr bei der Arbeit: die eine, wie ein Ableger der Tante, gehaßt und gefürchtet wie sie; die andere sanft, aber unterdrückt und furchtsam; sie versuchte zu mildern, wo sie konnte – es gelang ihr selten. Wenn die Alte ihre Tage hatte, waren die beiden Nichten nicht zu sehen. Sie hatte vierzig Kinder. Sie hatte keine Kinder. Und die vierzig hatten es nicht gut. Die Frau plagte sich viel um die Kinder; aber sie war hart zu ihnen, sie schlug. Schlug sie gern ...? Sie herrschte gern. Jedes Kind, das die Kolonie vor der Zeit verließ, war in ihren Augen ein Verräter; sie hätte nicht sagen können, woran; jedes, das hinzukam, eine willkommene Bereicherung des Materials, auf

dem sie regierte. Wenn sich auch viele Kinder beklagten und fortgenommen wurden – sie hatte viele Waisen darunter, und es kamen immer neue Mädchen.
Kommandieren ... Damit hatte sie es nun sonst nicht leicht. Denn wo sich die Schweden beugen, verbeugen sie sich höflich, weil sie es so wollen. Sie gehorchen nur, wenn sie eingesehen haben, daß es hier und an dieser Stelle nötig, nützlich oder ehrenvoll ist, zu gehorchen ... sonst aber hat einer, der in diesem Lande herrschen will, wenig Gelegenheit dazu. Man verstände ihn gar nicht; man lachte ihn aus und ginge seiner Wege.
Frau Adriani wechselte oft ihr Personal und brachte sich die Angestellten häufig aus Deutschland mit, wohin sie manchmal reiste. Im Winter saß sie hier oben fast allein, nur wenige Kinder blieben dann da – wie zum Beispiel die kleine Ada. Ihr Mann ... wenn Frau Adriani an ihren Mann dachte, war es, wie wenn sie eine Fliege verjagen mußte. Dieser Mann ... sie zuckte nicht einmal mehr die Achseln. Er saß in seinem Zimmer und ordnete Briefmarken. Sie verdiente das Geld. Sie. Und im Winter wartete sie auf den Sommer – denn der Sommer war ihre Zeit. Im Sommer konnte sie durch die langen Korridore des Landhauses donnern und befehlen und verbieten und anordnen, und alles um sie herum fragte sich gegenseitig nach ihrer Stimmung und zitterte vor Furcht, und sie genoß diese Furcht bis in die Haarspitzen. Fremde Willen unter sich fühlen – das war wie ... das war das Leben.
„Jetzt bleiben alle hier oben, bis es zum Essen klingelt. Wer spricht, hat Essensentzug. Sonja! Deine Haarschleife!" Ein Mädchen riß sich, puterrot, die Schleife, die sich gelöst hatte, aus den Haaren und band sie von neuem. Es war so still – man hörte vierzig kleine Mädchen atmen. Frau Adriani genoß mit einem kalten Blick ihrer graugrünen Augen die Situation, dann ging sie hinaus. Hinter ihr zischelte es zwiefach: das waren die, die, ganz leise, sprechen wollten, und die andern, die die Flüsternden mit einem „Pst!" daran zu hindern suchten. Das Kind stand für sich allein. Kleine Mädchen können sehr grausam sein. Es war sonst keine bestraft worden, am heutigen Tage – die Majorität hatte also stillschweigend beschlossen, das Kind fallenzulassen. Das

Kind hieß ‚das Kind', weil es einmal auf die Frage der Adriani: „Was bist du?" geantwortet hatte: „Ich bin ein Kind." Niemand beachtete es jetzt.
Wann hört dies auf? dachte das Kind. Das hört nie auf. Und dann liefen die Tränen, und nun weinte es, weil es weinte.

2

Die Bäume rauschten vor unsern Fenstern, und sie rauschten mich aus dem Traum, von dem ich schon beim Erwachen nicht mehr sagen konnte, was das gewesen sein mochte. Ich drehte mich in den Kissen; sie waren noch schwer von Traum. Vergessen ... Warum war ich aufgewacht?
Es klopfte.
„Die Post! Daddy, die Post! Geh mal an die Tür!" Die Prinzessin, die eben noch geschlafen hatte, war wach – ohne Übergang.
Ich ging. Zwischen Bett und Tür überlegte ich, wie es doch zwischen Mann und Frau Morgen-Augenblicke gibt, da hat es sich mit der Liebe ausgeliebt. Sehr entscheidende Augenblicke – wenn die gut verlaufen, dann geht alles gut. Von dem quäkrigen „Wieviel Uhr ist es denn ...?" bis zum „Hua – na, da steh auf!" ... da pickt die kleine Uhr auf dem Nachttisch viel Zeit auf, der Tag ist erwacht, nun schläft die Nacht, es schläft die unterirdische Hemisphäre ... bei den meisten Frauen wenigstens, leider ... Ich war an der Tür. Eine Hand steckte Briefe durch den Schlitz.
Die Prinzessin hatte sich im Bett halb aufgerichtet und warf vor Aufregung alle Kissen durcheinander. „Meine Briefe! Das sind meine Briefe! Du Schabülkenkopp! Gib sie her! Na, da schall doch gliks ..." Sie bekam ihren Brief. Er war von ihrer Stellvertreterin aus dem Geschäft, und es stand darin geschrieben, daß es nichts zu schreiben gäbe. Die Sache mit Tichauer wäre in Ordnung. Beim kleinen Inventarbuch wären sie bei G. Das zu hören beruhigte mich ungemein. Was für Sorgen hatten diese Leute! Was für Sorgen sie hatten? Ihre eignen, merkwürdigerweise.
„Geh mal Wasser braten!" sagte die Prinzessin. „Du mußt dich rasieren. So, wie du bist, kannst du keinem Menschen

einen Kuß geben. Was hast du für einen Brief bekommen?" – Ich grinste und hielt den Brief hinter meinem Rücken verborgen. Die Prinzessin stritt erbittert mit den Kissen. „Wahrscheinlich von irgendeiner Braut ... einer dieser alten Exzellenzen, die du so liebst ... Zeig her. Zeig her, sag ich!" Ich zeigte ihn nicht. „Ich zeige ihn nicht!" sagte ich. „Ich werde dir den Anfang vorlesen. Ich schwöre, daß es so dasteht, wie ich lese – ich schwöre es. Dann kannst du ihn sehen." Ein Kissen fiel, erschöpft und zu Tode geschlagen, aus dem Bett. „Von wem ist er?" – „Er ist von meiner Tante Emmy. Wir sind verzankt. Jetzt will sie etwas von mir. Darum schreibt sie. Sie schreibt:
‚Mein lieber Junge! Kurz vor meiner Einäscherung ergreife ich die Feder ..."
„Das ist nicht wahr!" schrie die Prinzessin. „Das ist ... gib her! Es ist ganz großartig, wie Bengtsson sagen würde. Geh dich rasieren und halt die Leute hier nich mit deine eingeäscherten Tantens auf!"
Und dann gingen wir in die Landschaft.
Das Schloß Gripsholm strahlte in den Himmel, es lag beruhigend und dick da und bewachte sich selbst. Der See schaukelte ganz leise und spielte – plitsch, plitsch – am Ufer. Das Schiff nach Stockholm war schon fort; man ahnte nur noch eine Rauchfahne hinter den Bäumen. Wir gingen quer ins Land hinein.
„Die Frau im Schloß", sagte die Prinzessin, „spricht ein privates Deutsch. Eben hat sie mich gefragt, ob wir es nachts auch warm genug hätten – ich wäre wohl gewiß ein Frierküchlein ..." – „Das ist schön", sagte ich. „Man weiß bei den nordischen Leuten nie, ob sie sich das wörtlich aus ihren Sprachen übersetzen oder ob sie unbewußt Neues schaffen. In Kopenhagen kannte ich mal eine, die sagte – und sie hatte eine Baßstimme vor Wut: Dieses Kopenhagen ist keine Hauptstadt – das ist ein Hauptloch! Ob sie das wohl erfunden hat?" – „Du kennst so viele Leute, Daddy!" sagte die Prinzessin. „Das muß schön sein ..." – „Nein, ich kenne lange nicht mehr so viel Leute wie früher. Wozu auch?" – „Ick will di mal wat seggen, min Jung", sagte die Prinzessin, die es heute mit dem Plattdeutschen hatte. „Wenn du nen Minschen kennenliernst un du weißt nich so recht, wat mit

em los is, dann frag di ierst mal: giwt hei mi Leev oder giwt hei mi Geld? Wenn nix von beid Deil, dann lat em lopen und holl di nich bi em upp! Dessenungeachtet brauchst du aber nicht in diesen Fladen zu treten!" – „Donnerschlag!" – „Du sollst keines Fluches gebrauchen, Peter!" sagte die Prinzessin salbungsvoll. „Das schickt sich nicht. Und nun legen wir uns woll ein büschen auf düsen Rasenplatz!"
Da lagen wir ...
Der Wald rauscht. Der Wind zieht oben durch die Wipfel, und ein ganz feiner Geruch steigt vom Boden auf, ein wenig säuerlich und frisch, moosig, und etwas Harz ist dabei.
„Was hätte Arnold jetzt gesagt?" fragte ich vorsichtig. Arnold war ihr erster; wenn die Prinzessin sehr guter Laune war, konnte man sie daran erinnern. Jetzt war sie guter Laune. „Er hätte nichts gesagt", antwortete sie. „Er hatte auch nichts zu sagen, aber das habe ich erst sehr spät gemerkt." – „Also nicht klug?" – „In meinem Papierkorb ist mehr Ordnung als in dem seinen Kopf! Er sprach wenig. Am Anfang hielt ich dieses Schweigen für sehr bedeutend; er war eben ein karger Schmuser. Das gibts!" Schritte auf dem weichen Moos; ein kleiner Junge kam den Waldweg entlanggestolpert, er murmelte etwas vor sich hin ... als er uns sah, schwieg er; er blickte zu den Bäumen auf und begann dann zu laufen.
„Das wäre etwas für einen Staatsanwalt", sagte ich. „Der würde in seiner Schläue einen ganzen Tatbestand aufbauen. Wahrscheinlich hat dieser Knabe aber nur Zahlen gebetet und sich geschämt, als er uns gesehn hat ..." – „Nein, es war so", sagte die Prinzessin. Sie lag auf dem Rücken und erzählte zu den Wolken: „Ein Jung sall mal nan Koopmann gahn un Seip und Solt halen. Dor sä hei ümmer vor sich hen: Seip und Solt ... Seip und Solt ... Hei sei över nich nah sin Feut, un so full he övern Bohnenstrang. Dunnersweer! Tran un Teer! sä he – und bleew nu uck bi Tran un Teer un köffte Tran un Teer ... Peter! Peter! Wie ist es mit dem Leben! Erzähl schnell, wie es mit dem Leben ist! Nein, jetzt sage nicht wieder deine unanständigen Wörter ... die weiß ich allein. Wie ist es? Jetzt gleich will ich es wissen!" – Ich sog den bitteren Geschmack aus einem trockenen Zweig mit Fichtennadeln.
„Erst habe ich gemerkt", sagte ich, „wie es ist. Und dann

habe ich verstanden, warum es so ist – und dann habe ich begriffen, warum es nicht anders sein kann. Und doch möchte ich, daß es anders wird. Es ist eine Frage der Kraft. Wenn man sich selber treu bleibt …“

Mit ihrem tiefsten Alt: „Nach den Proben an Treue, die du bei mir abgelegt hast …“

„Ob es wohl möglich ist, mit einer Frau ernsthaft etwas zu bereden. Es ist nicht möglich. Und so was hat nun das Wahlrecht.“

„Das sagt der Chef auch immer. Was der jetzt wohl macht?“

„Er wird sich wahrscheinlich langweilen, aber sehr stolz sein, daß er in Abbazia ist. Dein Generalkonsul …“

„Daddy … dein Literatenstolz ist auch nicht das richtige. Weißt du – manchmal denke ich so … der Mann ist doch immerhin etwas geworden. Sie haben ihm doch den Generalkonsul und die Seife und den Safe und das alles nicht in die Wiege gelegt – und die Wiege, lieber Daddy … der Mann betont mir viel zu oft, daß er zeit seines Lebens in guten Verhältnissen gelebt hätte – also hat er nicht. Er hat wahrscheinlich allerhand Saures geschluckt, bis sie ihn an das Süße herangelassen haben. Na, nun schmatzt er … Was? Natürlich hat er das vergessen, das mit dem Sauern. Ach, das tun sie ja alle. Erinnerung – Junge, Erinnerung … das ist ein alter Leierkasten. Die Leute haben doch heute ihr Grammophon! Wenn man nur mal rauskriegen könnte, wie so einer langsam was geworden ist – so einer wie der Chef – wie das so vor sich geht … Verheiratet ist er nicht … und wenn er eine Frau hätte, die könnte es einem ja auch nicht sagen, weil sie nichts gemerkt hat. Sie fände es selbstverständlich, und vom Aufstieg wollen sie ja alle nichts hören, weil sie damit zugeben würden, daß ihre Ahnen noch ohne Visier herumgelaufen sind. Aufstieg … das sagen sie bloß, wenn sie einem keine Gehaltserhöhung geben wollen.“ Also sprach die kluge Prinzessin Lydia und beendete ihre Rede mit einem herrlichen –

Hier hatte die Prinzessin den Schluckauf.

Dann wollte sie vom Boden hochgezogen werden; dann stand sie allein auf, mit einem schönen gymnastischen Schwung – und dann krochen wir langsam zurück durch den

Wald. Wir standen uns nach Haus, an jeder Schneise blieben wir stehen und hielten große Reden; jeder tat so, als ob er dem andern zuhörte, und er hörte ja auch zu, und jeder tat so, als bewunderte er den Wald, und er bewunderte ihn ja auch – aber im allertiefsten Grunde, wenn man uns gefragt hätte: wir waren nicht mehr in der großen Stadt und noch nicht in Schweden. Aber wir waren beieinander.

Da lag das erste Haus von Mariefred. Ein Grammophon kratzte sich eins. „Es ist hier zur Erholung, das Grammophon", sagte die Prinzessin ehrfürchtig. „Hörst du – es ist noch ganz heiser. Aber die Luft hier wird ihm guttun." – „Hast du Hunger, Lydia?" – „Ich hätte gern, Peter! Daddy! Allmächtiger Braten! Wie heißt der Genitiv von Smörgas ... Ich möchte gern etwas Smörgassens ... achgottachgott!" Und dies bewegte uns sehr, bis wir bei Tisch saßen und die Prinzessin alle vier Fälle des schwedischen Vorgerichts herunterdeklinierte.

„Was machen wir nach Tisch?" – „Das ist eine Frage! Nach Tisch gehn wir schlafen! Karlchen sagt auch immer: in den Taghemden ist so viel Müdigkeit ... man muß sich völlig ausziehn und schlafen. Dann schläft man. Und das ist eben Erholung." – „Sage mal ... sitzt dein Freund Karlchen noch immer beim Finanzamt im Rheinland?" Ich sagte, er säße. „Und woanz ist diesen Mann denn nu eigentlich?" – „Lieber Mann", sagte ich zur Prinzessin, „das ist vielleicht ein Mann! Aber das darf man ihm nicht sagen – sonst wachsen ihm vor Stolz Pfauenfedern aus den Ohren. Das ist ein ... Karlchen ist eben Karlchen." – „Keine Erklärung. So schwabbelt mein Konsul auch immer, wenn er was nicht sagen will. Ich für mein Teil gehe jetzt ins Bett schlafas." Ich hörte sie noch nach der Melodie von Tararabumdiä singen:

Da hat das kleine Pferd
sich plötzlich umgekehrt
und hat mit seinem Stert
die Fliegen ab-ge-wehrt –

Dann rauschten uns die Bäume in Schlaf.

3

Nachmittags standen wir vor dem Schloß – Touristen kamen und gingen.
Wir wandelten in den ‚innern Burggarten'; da war ein zierlicher Brunnen in der Mitte, kleine Erker klebten an den Mauern, man hatte an dem Schloß herumrestauriert ... schade. Aber vielleicht wäre das Ganze sonst eingefallen; so alt war es schon.
Ein großer Tourenwagen fuhr vor.
Ihm entstieg ein jüngerer Mann, dann folgten zwei Damen, eine ältere und eine jüngere, und dann wurde ein dicker Herr aus dem Fond gekratzt. Sie sprachen deutsch und standen etwas ratlos um den Wagen herum, wie wenn sie vom Mond gefallen wären. Dann sprach der Dicke hastig und laut mit dem Chauffeur. Der verstand ihn zum Glück nicht.
Sie lösten Karten für das Schloß. Der Führer war schon nach Hause gegangen, und man ließ sie allein pilgern. „Lydia ...", sagte ich. Wir gingen nach.
„Was willst du machen?" fragte Lydia, und dabei senkte sie die Stimme, so gut hatte sie mich verstanden. „Ich weiß noch nicht", sagte ich. „Es wird mir schon was einfallen ... Komm mit." Die Touristen standen im großen Reichssaal, sie sahen zur getäfelten Decke auf, und eine der Damen sagte so laut, daß es hallte: „Ganz nett!" – „Offenbar schwedischer Stil!" sagte der Dicke. Sie murmelten. „Wenn sie jetzt noch fragen, ob das alles hier gebaut ist ... Rasch!" – „Wohin?" – „Komm mit, wo der große Brunnen ist. Irgend etwas müssen wir da aufführen ..."
Man hörte sie schlurren und husten – dann waren wir außer Hörweite. Wir gingen leise und schnell.
Da war ein großer, runder Raum, mit einer Holzgalerie, und in der Mitte des festgestampften Bodens lag eine kreisrunde Holzscheibe: der Eingang zum Verlies. Und da fanden wir eine Leiter. Lydia half, wir setzten die Leiter an – hurra! Sie stand. Also sehr tief konnte es nicht sein. Ich kletterte hinunter, gefolgt von den spöttisch-bewundernden Blicken der Prinzessin. „Grüß die Fledermäuse!" – „Hol din Mul!" sagte ich. Ich kletterte – ein ganzes Endchen ... ein amerikanischer Filmkomiker mimt den Feuerwehrmann, so sah das

aus, und mir war gar nicht komisch zumute, wohin ging das hier? Aber für einen Spaß ist uns nichts zu teuer. Dunkelheit und Staub. Nur der runde Schein von oben ... „Bitte Streichhölzer! Aus deiner Tasche!" Die Schachtel kam herunter und fiel mir auf die Füße. Ich suchte und stieß mir den Kopf an der Leiter – dann hatte ich sie. Ein Flämmchen ... das war also doch ein großer Raum, an der einen Wandseite waren Ringe in die Mauer eingelassen; offenbar hatten sie hier ihre Gefangenen nicht in drei Stufen gebessert, sondern gleich in einer einzigen ... Und da war auch ein zweites Brunnenloch.

„Lydia?" – „Ja." – „Zieh die Leiter auf – kannst du das? Ich werde dir helfen. Ich hebe an – horupp! So ... hast du?" Die Leiter war oben. „Stell sie weg!" Ich hörte, wie die Prinzessin mit der Leiter wirtschaftete. „Setz die runde Scheibe wieder auf, kannst du? Und versteck dich." Nun war es ganz dunkel. Schwarz.

Das ist merkwürdig, wenn man so etwas nicht gewöhnt ist. Im Augenblick, wo man in völliger Dunkelheit steckt, belebt sich das Dunkel. Nein, man erwartet, daß es sich belebt; man fürchtet das und sehnt sich nach dem Belebenden. Ich räusperte mich leise, zum Zeichen, daß ich auch noch da wäre, jedoch keine feindlichen Absichten hegte ... Ich tastete mich umher. Da war ein Nagel an der Wand, von dem wollen wir nicht fortgehn ... He? Da waren sie. Man hörte deutlich die Stimmen; die Holzscheibe war nur dünn.

„Hier ist nichts", sagte eine Stimme. „Wahrscheinlich ein Brunnen – für die Belagerung oder so. Sehr interessant. Na, gehn wir weiter. Hier ist nichts."

Hier wird gleich was sein.

„Huuuuuuu –" machte ich.

Oben wurde es totenstill. Die schleppenden Fußschritte waren verstummt. „Was war das?" sagte jemand. „Hast du das gehört?" – „Ja, mir war auch so – wahrscheinlich nur so ein Klang –"

„Huuuuuuu-aa-huuuuuuu –!" machte ich von neuem.

„Adolf, um Gottes willen – vielleicht ist hier ein Tier eingesperrt, ein Hund – komm weg!" – „Na, erlaube mal, das gibts doch nicht! Ist – ehö – ist da jemand?" Ich blieb so still. „Eine Täuschung", sagte eine Männerstimme. „Komm

– da war nichts“, sagte der andere der Männer. Und da dachte ich an die Löwen in den Zoologischen Gärten vor der Fütterung, holte tief Atem und begann zu röhren: „Huuuuuu-brru-aa huuuuuuuuah!“
Das war zuviel. „Hi!“ kreischte oben eine Frau, und dann gab es ein eiliges Gestiefel, einer sagte noch schnell: „Aber das ist doch – das muß doch geklärt werden ... werden gleich unten mal fragen ... Unerhört – das ist doch ...“ – „Komm hier weg! Was müssen wir auch in alle Schlösser ...“ Fort waren sie. Da stand ich in meiner Dunkelheit. Mucksmäuschenstill.
Ganz leise: „Lydia?“ ... Nichts. Ein wenig Kalk rieselte von der Mauer. Hm ... Ein Ton? Hier ist doch alles aus Holz und Stein; das klingt doch nicht. Ich lauschte. Mein Herz klopfte um eine Spur schneller, als ich ihm das erlaubt hatte. Nichts. Man soll keine Leute erschrecken, siehst du, man soll keine Leute erschrecken ... „Lydia!“ Lauter: „Holla! He!“ Nichts.
Durch mein Gehirn flimmerte: Spaß muß sein. Ist den Burschen ganz recht. Still stehn, sonst machst du dich schmutzig. Hast Angst. Hast keine Angst. Ist ja Unsinn. Lydia kommt gleich. Wenn sie nun in Ohnmacht gefallen ist oder plötzlich stirbt, dann weiß niemand, daß du hier stehst. Roman, Filmidee. Pathé hat mal so was gemacht. Eine Gemeinheit. Leute in Dunkelarrest zu stecken. Ich habe im Kriege mal einen rauskommen sehen, der taumelte, als er das Licht sah. Dann begann er zu weinen. Er hatte nicht ordentlich Krieg geführt, deshalb hatten sie ihn eingesperrt, das soll man nicht. Die Richter ausprobieren lassen, was sie da verhängen. Geht aber nicht, weil sie ja wissen: es ist nur eine Probe. Also Wahnwitz der Todesstrafe, deren Wirkung niemand kennt. Nun ging das Herz ganz ruhig, ich hatte nachzudenken und ließ die Gedanken laufen ... Die Holzscheibe ruckte an, wurde fortgezogen. Licht. Lydia. Die Leiter.
Ich stieg hinauf. Die Prinzessin lachte über das ganze Gesicht. „Wie ist denn das alles so plötzlich gekommen? Komm mal her – Na, nun aber gleich nach Haus! Allmächtiger, wie siehst du aus!“ Ich war grau vor Dreck, behangen mit Spinnweben, die Hände von schwarzen Streifen geziert und der Rest entsprechend. „Wat hebben se seggt? Was hast du ge-

tan? Menschenskind, nu sieh dir man blodsen ierst mal in den Speegel!" Ich sah lieber nicht in den Spiegel. „Wo warst du so lange, Alte? Läßt einen da unten schmachten! Das ist Liebe!" – „Ich ...", sagte die Prinzessin und steckte den Spiegel wieder ein, „ich habe hier ein Töpfchen gesucht, sie haben aber keins. Die alten Burggrafen haben offenbar an chronischer Verstopfung gelitten!" – „Falsch", lehrte ich, „falsch und ungebildet. Sie setzten sich zu diesem Behufe auf kleine Örtlichkeiten, die es hier auch gegeben hat, und diese Örtlichkeiten gingen in den Schloßgraben, wenn aber sie belagert wurden, und es kam der böse Feind, dann ..." – „Nunmehr ist es wohl an der Zeit, daß wir dich waschen. Du Ferkel!" – Und wir spazierten in unsere Wohnung, vorüber an der maßlos erstaunten Wirtin, die sicherlich dachte, ich wäre in den Branntwein gefallen. Bürstung, Waschung, frischer Kragen, prüfende Blicke der Prinzessin, dreimal zurück, weil immer noch etwas klebengeblieben war. „Wen ärgern wir nun?" – „Schetzt kommst du mich aber raus. Nichs as Dummheiten hat diesen Kierl innen seinen Kopf. Un das will'n iernsten Mann sein!" – „Will nicht ... Muß. Muß." Wir traten ins Freie.

Weiter hinten stand ein kleiner Pavillon; darin saßen die Autogesellschaft und tranken Kaffee. Wir schlenderten vorüber und sprachen lustig miteinander. Der jüngere Mann stand auf und kam auf uns zu. „Die Herrschaften sind Deutsche ...?" – „Ja", sagten wir. „So ... vielleicht ... wenn Sie an unserm Tisch Platz nehmen wollen ...?" Der Dicke erhob sich. „Teichmann", sagte er. „Direktor Teichmann. Meine Frau. Meine Nichte, Fräulein Papst, Herr Klarierer." Nun mußte ich auch etwas sagen, denn dies ist die Sitte unseres Landes. „Sengespeck", sagte ich. „Und meine Frau." Worauf wir uns setzten und die Prinzessin mir unterm Tisch an die Schienbeine trat. Kaffeegeschlürf. Tellergeklapper. Kuchen.

„Sehr hübsch hier – Sie sind wohl auch zur Besichtigung hier?" – „Ja." – „Reizend. Sehr interessant." Pause.

„Sagen Sie ... ist das Schloß eigentlich bewohnt?" Die Prinzessin trat heftig. „Nein", sagte ich. „Ich glaube nicht. Nein. Sicher nicht." – „So ... wir dachten ..." – „Warum fragen Sie?" Die Gesellschaft wechselte untereinander bedeutungs-

volle Blicke. „Wir dachten nur ... wir hatten da oben in dem einen Raum jemand sprechen hören – aber so eigentümlich, mehr wie ein Hund oder ein wildes Tier ...“ – „Nein“, sagte ich, „nach allem, was ich weiß: Tiere wohnen in dem Schloß gar nicht. Fast gar nicht.“ Pause.
„Überhaupt ...“, sagte Herr Direktor Teichmann und sah sich um, „hier ist nichts los! Finden Sie nicht auch?“ – Wir bestätigten, daß hier nichts los wäre. „Wissen Sie“, sagte der Direktor, „wenn man sich wirklich amüsieren will: da gibts ja nur Berlin. Oder Paris. Aber sonst nur Berlin. Is doch ’n andrer Zuch. Was?“ – „Hm“, machten wir. „Ich finde es hier auch gar nicht elegant!“ sagte Frau Direktor Teichmann. Und Fräulein Papst: „Ich habe mir das ganz anders vorgestellt.“ Und Herr Klarierer: „Wo gehn wir denn heute abend in Stockholm hin?“ Frau Direktor Teichmann aber wollte nirgends mehr hingehn; sie hätte sich vorhin so aufgeregt, im Schloß ... Inzwischen hatte mir die Prinzessin einen Ring abgedreht, einen Manschettenknopf aufgemacht, alles unter dem Tisch – und ich fand, es sei nun genug. Denn wer weiß, was sie sonst noch ... Und wir verabschiedeten uns, weil wir im Ort eine Verabredung hätten. „Fahren Sie nachher auch nach Stockholm?“ – Nein, wir bedauerten.
Wir bedauerten noch, als wir draußen auf den Wiesen standen und uns freuten: daß wir nicht nach Stockholm fahren mußten, daß wir in Schweden waren, daß wir Urlaub hatten ... „Was kommt da?“ sagte die Prinzessin, die Augen hatte wie ein Luchs. Durch die Wiesen bewegte sich eine dünne Reihe kleiner Gestalten, auf einem schmalen Wege. „Was ist das –?“
Es kam näher.
Kinder waren es, kleine Mädchen, artig aufgereiht, wie Perlchen an der Schnur, immer zwei zu zwei. Eine herrisch aussehende Person ging an ihrer Spitze, sah sich öfter um – keines sprach. Nun waren sie nahe bei uns, wir traten beiseite und ließen den Zug vorüber. Die Führerperson warf uns einen glitzernden Blick zu. Die Kinder trappelten dahin. Wir sprachen nicht, als sie vorbeizogen. Ganz zum Schluß ging ein Kind allein; es ging, wie wenn es von jemandem gezogen würde, es hatte verweinte Augen, schluckte manchmal im Gehen vor sich hin, aber es weinte nicht. Sein Gesicht war

auch nicht verschwollen, wie es verheulte Kinder haben ... es sah vielmehr leer geweint aus, und in den bräunlichen Haaren lag ein goldner Schimmer. Es sah uns an, so müde und gleichgültig, wie es einen Baum angesehn hätte. In einem Anfall von Übermut und Kinderliebe steckte ihm die Prinzessin zwei kleine Glockenblumen, die wir gepflückt hatten, in die Hand. Das Kind zuckte zusammen, dann sah es auf, seine Lippen bewegten sich; es wollte vielleicht etwas sagen, danken ... da drehte sich vorn die Person um, die Kleine beschleunigte ihre Schritte und hoppelte ängstlich der Schar nach. Staub und das Geräusch der marschierenden Kinderfüße. Dann war das Ganze vorüber.

„Merkwürdiges kleines Mädchen“, sagte die Prinzessin. „Was sind denn das für Kinder? Wir wollen nachher einmal fragen ... Peter, mein Sohn, gibt es hier eigentlich Nordlicht? Ich möchte so gern mal ein Nordlicht sehn!“

„Nein“, sagte ich. „Doch, ja. Aber alles, was man sehn will, meine Tochter, findet immer grade in dem Monat statt, wo man nicht da ist ... Das ist so im Leben. Aber das bekommst du erst in der nächsten Klasse. Nordlicht – ja ...“

„Ich denke es mir wundervoll. Ich habe mal als Kind im Konversationslexikon eins gesehn – das war überhaupt eine Welt für sich, das Lexikon, mit den kleinen Seidenpapierblättchen ... Und da waren sie abgebildet, die Nordlichter, ganz bunt und groß, sie sollen ja über den halben Himmel gehn. Ich glaube, ich hätte eine ungeheure Angst, wenn ich das mal sehe. Denk mal, große, bunte Lichter am Himmel! Wenn das nun herunterkommt! Und einem auf den Kopf fällt! Aber sehn möchte ich es schon mal ...“

Blaßblau wölbte sich der Himmel über uns; an einer Stelle des Horizonts ging er in tiefes Dunkelblau über, und da, wo die Sonne vorhin untergegangen war, leuchtete er gelbrosig, es schimmerte und blinkte nur noch ein wenig. „Lydia“, sagte ich, „wollen wir uns ein Nordlicht machen?“ – „Na ...“ – „Sieh mal“, sagte ich und deutete mit dem Finger nach oben, „siehst du, siehst du – da – da ist es –!“

Wir sahen beide fest nach oben – wir hielten uns an den Händen, Pulsschlag und Blutstrom gingen von einem zum anderen. In diesem Augenblick hatte ich sie so lieb wie noch nie. Und da sahen wir unser Nordlicht.

„Ja –“, sagte die Prinzessin leise, damit sie es nicht verscheuchte. „Das ist ja wunderbar. Ganz hellgrün – und da – rosa! Und Kugelstreifen – und das da, ganz spitz-hoch ... Sieh mal, sieh mal!“ Jetzt wagte sie es, schon lauter zu sprechen, denn nun leuchtete uns das Nordlicht wie wirklich. „Das sieht aus wie eine kleine Sonne“, sagte ich. „Und da, wie geronnene Milch, und da, weiße Zirruswölkchen ... blau ... ganz hellblau!“ – „Guck, und am Horizont geht es gewiß noch weiter – da ist alles ganz silbergrau. Daddy, ist das schön!“
Wir standen still und sahen nach oben. Ein Wagen klapperte vorüber und schreckte uns auf. Der Bauer, der auf dem Bock saß und freundlich grüßte, sah nun auch nach oben, was es da wohl gäbe. Wir sahen erst ihn an, dann die Wiesen, die ein wenig kalt und grau dalagen. Wir lächelten, wie beschämt. Dann blickten wir wieder zum Himmel auf. Da war nichts. Er lag glatt, blau und halbhell. Da war nichts.
„Peter ...“, sagte die Prinzessin. „Peter ...“

4

„Sagen Sie bitte, Frau Andersson“, sagte ich zu der Schloßdame, die uns einen schönen Abend bot, und ich sprach ihren Namen ‚Anderschon‘ richtig aus, „was mögen das für Kinder sein, denen wir vorhin begegnet sind? Da ... da hinten ... in den Wiesen?“ – „Ja, da sind viele Kinder. Das ist wohl Bauernjungen, die spielen da viele Gängen ...“ – „Nein, nein. Es waren kleine Mädchen, sie gingen geordnet, wie ein Institut, eine Schule, so etwas ...“ – „Eine Schule?“ Frau Andersson dachte nach. „Ah – das werden die von der Frau Adriani gewesen sein. Von Läggesta.“ Und sie deutete über den See, wo man weit, weit in einer Lichtung recht undeutlich ein großes Gebäude liegen sah. „Das ist ein Pensionat, das ist eine Kinderkolonie. Ja.“ Dazu machte sie ein Gesicht, wie ich es noch nie bei ihr gesehen hatte. Ich wurde neugierig. Man soll nie jemand nach dem fragen, was man wissen will, das ist eine alte Weisheit. Dann sagt ers nicht. „Da sind gewiß viele Kinder ... wie?“ – „Ja, eine heile Masse“, sagte Frau Andersson; man mußte oft raten, was sie

wohl meinte, denn sie übersetzte sich wahrscheinlich alles wörtlich aus dem Schwedischen. „In diesen Pensionat sind viele Kinder, aber nicht viele schwedische Kinder. Es gescheht Gottlob!“ – „Warum Gottlob, Frau Andersson?“ – „Jaha“, sagte sie und schlug mit der Seele einen Haken, wie ein verfolgter Hase, „da sind nicht viele schwedischen Kinder, ne-do!“ – „Schade“, sagte ich und kam mir mächtig diplomatisch vor. „Da ist es gewiß hübsch ...“ Frau Andersson schwieg einen Augenblick. Dann nahm sie beherzt einen kleinen Anlauf. Sie senkte die Stimme.
„Das ist ... das ist nicht eine liebe Frau, der da ist. Aber ich will nichts Böses sagen ... verstehn Sie. Es ist eine deutsche Dame. Aber sie ist keine gute Dame. Das Volk von Deutschland sind so wohnliche Menschen – nicht wahr ... Waren sie so gut, fassen Sie mir das nicht übel!“ – „Sie meinen die Vorsteherin von dem Pensionat?“ – „Ja“, sagte Frau Andersson. „Die Vorsteherin. Die Vorsteherin, das ist eine schlimme Person. Das ist ... jeder fühlt sie hier. Wir haben nicht an ihr Geschmack. Sie ist nicht gut gegen den Kindern.“ – „So“, sagte ich und sah auf die Bäume, die leise mit den Blättern zitterten, wie wenn sie fröstelten, „so – keine gute Dame? Na ... was macht sie denn? Schreit sie mit ihnen?“ – „Ich will Sie etwas sagen“, sagte Frau Andersson, und nun wandte sie sich zur Prinzessin, als ob diese Sache nur unter Frauen abzuhandeln wäre; „sie ist hart zu den Kindern. Die Versteherin ... sie slagt die Kinder.“ Der Prinzessin gab es einen Ruck. „Sagt denn da niemand was?“ – „Jaha ...“, sagte Frau Andersson. „So schlagt sie sie nicht. Die Polizei kann darein nichts sprechen. Sie schlagt ihnen nicht, so zu krank zu werden. Aber sie ist unrecht dazu, die Kinder ist sehr bange für ihr.“ Sie deutete auf ein schloßartiges Gebäude, das hinter Mariefred auf einem Hügel lag. „Ich möchte lieber da sein als bei der Kinderfrau.“ – „Was ist denn das da hinten?“ fragte ich. „Das ist eine Irrtums-Anstalt“, sagte Frau Andersson. „So – und die Irren haben es besser als die Kinder da?“ – „Ja“, sagte Frau Andersson. „Aber da will ich sehen, ob das Abendmahl fertig ist ... einen Augenblick!“ Und sie ging, eilig, wie wenn sie zu viel gesagt hätte.
Wir sahen uns an. „Komisch, wie?“ – „Ja ... das gibts“, sagte

ich. „Wahrscheinlich irgend so ein Deubel von Weib, das da mit der Zuchtrute regiert ...“ – „Peter – spiel noch ein bißchen Klavier, bis das Essen fertig ist!“
Und wir gingen ins Musikzimmer der Schloßfrau, das hatte sie uns erlaubt, und ich setzte mich an das kleine Klavier und ließ fromme Gesänge ertönen. Ich spielte hauptsächlich auf den schwarzen Tasten; man kann sich besser daran festhalten. Ich spielte:

Manchmal denke ich an dich,
das bekommt mir aber nich ...
denn am nächsten Tag bin ich so müde –

und:

Wenn die Igel in der Abendstunde
still nach ihren Mäusen gehn,
hing auch ich an deinem Munde –

und dann sangen wir alte Volkslieder und dann amerikanische Lieder, und dann sangen wir ein Reiterlied, das wir selber gedichtet hatten, und das ganz und gar blödsinnig war, von der ersten bis zur letzten Zeile, und dann war das Abendessen fertig.
Wir hatten eine Flasche Whisky aufgetrieben. Das war nicht einfach gewesen, denn wir hatten kein ‚Motbok‘, nicht dieses kleine Buch, das die Schweden zum Bezug von Schnaps berechtigt. Aber die Flasche hatten wir. Und gar so teuer war sie auch nicht gewesen. Braun und Blond ... black and white ... ihr sollt leben ...!
Wir saßen vor dem Haus an einem Holztischchen und sahen zum Schloß hinüber. Ab und zu tranken wir einen Schluck.
Zehn schlug es von dem alten Kirchturm – zehn Uhr. Die Luft stand still; die Bäume rührten kein Blatt – alles ruhte. Helle Nächte. Es war eine starre Ruhe, wie wenn sich etwas staute und die Natur den Atem anhielte. Hell? Es war nicht hell. Es war nur nicht dunkel. Die Äste drohten so schwärzlich, sie warteten. Wie wenn man allen die Haut abgerissen hätte: schamlos, ohne Dunkel stand es herum, der Schwärze beraubt. Man hätte das schwarze Kleid der Natur herbeizaubern und alles zudecken mögen, damit nichts mehr sichtbar

wäre. Das Schloß hatte sein brennendes Rot eingebüßt und sah fahlbraun aus, dann düster. Der Himmel war grau. Es war Nacht, ohne Nacht zu sein.
„So still, wie es jetzt ist, so sollte es überall und immer sein, Lydia – warum ist es so laut im menschlichen Leben?“ – „Meinen lieben Dschung, das findest du heute nicht mehr – ich weiß schon, was du meinst. Nein, das ische woll ein für allemal verlöscht …“ – „Warum gibt es das nicht“, beharrte ich. „Immer ist etwas. Immer klopfen sie, oder sie machen Musik, immer bellt ein Hund, marschiert dir jemand über deiner Wohnung auf dem Kopf herum, klappen Fenster, schrillt ein Telephon – Gott schenke uns Ohrenlider. Wir sind unzweckmäßig eingerichtet.“ – „Schwatz nicht“, sagte die Prinzessin. „Hör lieber auf die Stille!“
Es war so still, daß man die Kohlensäure in den Gläsern singen hörte. Bräunlich standen sie da, ganz leise setzte sich der Alkohol ins Blut. Whisky macht sorgenfrei. Ich kann mir schon denken, daß sich damit einer zugrunde richtet.
Weit in der Ferne läutete eine Glocke, wie aus dem Schlaf geschreckt, dann war alles wieder still. Weißgrau lag unser Haus; alle Lichter waren dort erloschen. Die Stille wölbte sich über uns wie eine unendliche Kugel.
In diesem Augenblick war jeder ganz allein, sie saß auf ihrem Frauenstern, und ich auf einem Männerplaneten. Nicht feindselig … aber weit, weit voneinander fort.
Mir stiegen aus dem braunen Whisky drei, vier rote Gedanken durchs Blut … unanständige, rohe, gemeine. Das kam, huschte vorbei, dann war es wieder fort. Mit dem Verstand zeichnete ich nach, was das Gefühl vorgemalt hatte. Du altes Schwein, sagte ich zu mir. Da hast du nun diese wundervolle Frau … du bist ein altes Schwein. Kein Haus ohne Keller, sagte das Schwein. Mach dir doch nichts vor! Du sollst das nicht, sagte ich zu dem Schwein. Du hast mir schon so viel Kummer und Elend gemacht, so viel böse Stunden … von der Angst, daß ich mir etwas geholt hätte, ganz zu schweigen. Laß doch diese unterirdischen Abenteuer! So schön ist das gar nicht – das bildest du dir nur ein! Höhö, grunzte das Schwein, das ist also nicht schön. Stell dir mal vor … Still! sagte ich, still! Ich will nicht. Oui, Oui, sagte das Schwein und wühlte schadenfroh; stell dir vor, du hättest jetzt … Ich

schlug es tot. Für dieses Mal schlug ich es tot – sagen wir: ich schloß den Koben ab. Ich hörte es noch zornig rummeln ... dann sangen wieder die Gläser, ganz, ganz leise wie wenn eine Mücke summte. „Daddy“, sagte die Prinzessin, „kann man hier eigentlich das blaue Kostüm tragen, das ich mitgenommen habe?“
Ich war wieder bei ihr; wir saßen wieder auf demselben Trabanten und rollten gemeinsam durch das Weltall. „Ja ...“, sagte ich, „das kannst du.“ – „Paßt es?“ – „Natürlich. Es ist doch diskret und leise in der Farbe, das paßt schön.“ – „Du sollst nicht so viel rauchen“, sagte ihre tiefe Stimme; „dann wird dir wieder übel, und wer hats nachher? Ich. Tu mal die Pfeife weg.“ Ich, Sohn, tat die Pfeife weg, weil die Mutter es so wollte. Leise legte ich meine Hand auf die ihre.

5

Maurer hatten das große Haus in Läggesta gebaut – wer denn sonst. Handwerker; ruhige bedächtige Männer, die sich erst dreimal umsahen, bevor sie eine Bewegung machten, das ist auf der ganzen Welt so. Als alles fertig war, hatten sie die Wände mit Kalk beworfen, manche Zimmer hatten sie gestrichen, viele tapeziert, ganz unterschiedlich und alles nach Angabe. Dann waren sie gleichmütig weggegangen, das Haus war fertig, nun konnte darin geschehen, was wollte. Das war nicht mehr ihre Sache, sie waren nur Handwerker.
Die Gerichtsstube, in der einer gefoltert wird, war, als sie geboren wurde, ein ziegelgemauertes Viereck, glatt und geweißt, oben hatte der Maler fröhlich pfeifend auf seiner Leiter gestanden und hatte den bestellten grauen Streifen rings an die Wände gemalt; es war ein Handwerksstück, das er da vollführte ... und nun war es auf einmal eine Gerichtsstube.
So unbeteiligt bauen Menschen den Schauplatz zukünftiger Szenen; sie errichten die Kulissen und das Gerüst, sie stellen das ganze Theater auf, und dann kommen andre und spielen dort ihre traurigen Komödien.
Das Kind lag im Bett und dachte.
Denken ... Vor langen Zeiten, als es noch einen Vater gehabt hatte, da hatte es mit ihm immer ‚Denken‘ gespielt.

Und der Vater hatte dabei so gelacht, er konnte so wundervoll lachen … „Was tust du?“ hatte das Kind gefragt. „Ich denke“, hatte der Vater gesagt. „Ich will auch denken.“ – „Gut … denke auch!“ Und er war ernsthaft in der Stube auf und ab gegangen, das Kind immer hinterher, es ahmte genau die Haltung des Vaters nach, würdeschwer hielt es die Hände auf dem Rücken, runzelte die Stirn wie er … „Was denkst du?“ hatte der Vater gefragt. „Ich denke: Löwe –“, hatte das Kind geantwortet. Und der Vater hatte gelacht …

Nebenan schnaufte Inga und warf sich hin und her. Das Kind war plötzlich wieder da, wo es wirklich war: in Schweden. In Läggesta. Mutti war in der Schweiz, so weit fort … das Kind fühlte es heiß in sich hochsteigen. Es hatte so viele flehentliche Briefe geschrieben, drei, eigentlich nur drei – dann war der Teufelsbraten dahintergekommen, daß eines der Dienstmädchen die Briefe heimlich zur Post getragen hatte. Das Mädchen wurde entlassen, das Kind an den Haaren gezogen, und die Briefe, die nun nach der Schweiz gingen, waren musterhaft. Ja, vielleicht mußte das alles so sein. Vielleicht hatte die Mutter kein Geld, um das Kind bei sich zu behalten, und hier oben war es eben billiger. So hatte es ihm die Mutter erklärt.

Es war hier so allein. Es war unter den neununddreißig kleinen Mädchen ganz allein – und es hatte Angst. Sein Leben bestand eigentlich nur aus Angst. Angst vor dem Teufelsbraten und Angst vor den älteren Mädchen, die es anschwärzten, wo sie nur konnten, Angst vor dem nächsten Tag und Angst vor dem Vortag, was von dem nun wieder ans Licht kommen könnte, Angst vor allem, vor allem. Das Kind schlief nicht – es bohrte mit seinen Augen Löcher in das Dunkel.

Daß die Mutter es hierhergegeben hatte! Hier waren sie einmal gewesen, vor Jahren, vor drei, vier Jahren – und damals war der Bruder Will gestorben. Er lag da begraben auf dem Kirchhof in Mariefred, und das Kind durfte manchmal das Grab besuchen, wenn der Teufelsbraten das erlaubte oder befahl. Meist befahl er es. Dann stand es an dem kleinen Kindergrab, rechts, die vierzehnte Reihe, das mit dem grauen Steinchen, an dem die Buchstaben noch so neu

schimmerten. Aber dort hatte es nie geweint. Es weinte nur manchmal zu Hause um Will – um den dicken, kleinen Will, der jünger gewesen war als das Kind, jünger, toller im Spiel und ein guter Junge. Hier und da bekam er einen Klaps, aber die Mutter tat ihm nicht weh, und er lachte unter seinen Kindertränen und war dann wieder ein guter, kleiner Spieljunge. Wie aus Wolle. Und dann wurde er krank. Eine Grippe, sagten die Leute, und nach vier Tagen war er tot. Das Kind roch noch den Arztbesuch, das war nicht hier gewesen, das war in Taxinge-Näsby, nie würde es den Namen vergessen. Den säuerlichen Arztgeruch, das „Psst!" – alles ging leise, auf Zehenspitzen, und dann war er gestorben. Wie das war, hatte das Kind vergessen. Will war nicht mehr da.
Der Bruder nicht. Mutti nicht. Vater weggegangen, wohin ... Niemand war da. Das Kind war allein. Es dachte das Wort nicht – viel schlimmer: es fühlte die Einsamkeit, wie nur Kinder sie fühlen können.
Die kleinen Mädchen raschelten in den Kissen. Eins flüsterte im Schlaf. Das war jetzt der zweite Sommer hier oben. Es würde nie anders werden. Nie. Mutti soll kommen, dachte das Kind. Aber sie müßte es hier fortnehmen, denn gegen Frau Adriani kam auch Mutti nicht auf. Niemand kam gegen sie auf. Schritte? Wenn sie jetzt käme? Einmal war Gertie krank gewesen; da war Frau Adriani fünf Mal in der Nacht heraufgekommen – fünf Mal hatte sie nach dem kranken Kind gesehen, sie hatte fast eifersüchtig mit der Krankheit gekämpft. Und zum Schluß hatte sie das Fieber besiegt. Wenn sie jetzt käme? Nichts – eins der acht Betten hatte geknarrt. Das war Lisa Wedigen, die schlief immer so unruhig. Wenn doch einer – wenn doch einer – wenn doch einer ... Morgen war Baden im See. Da spritzen einen die Mädchen immer so mit Wasser. Wenn doch einer –
Die Hände des Kindes tasteten vorsichtig unter das Kopfkissen, suchten im Laken, verschoben alles. Fort? Nein. Sie waren noch da.
Unter dem Kopfkissen lagen, verwelkt und zerdrückt, zwei kleine Glockenblumen.

DRITTES KAPITEL

*Ei ist Ei, sagte jener –
und nahm das größte.*

1

Wir beugten uns beide über den Brief und lasen gemeinschaftlich:

Lieber Freund!

Ich habe in diesem Jahr noch acht Tage Urlaub gut und würde die gern mit Dir und Deiner lieben Frau Freundin verleben. Wie ich höre, seid Ihr in Schweden. Lieber Freund, würdest Du wohl Deinen alten Kriegskameraden, der Dir in so manchem Granattrichter den Steigbügel gehalten hat, bei Euch aufnehmen? Lieber Freund, ich zahle auch das Reisegeld für mich allein; es ist mir sehr schmerzlich, für mich allein etwas bezahlen zu müssen; es ist dies sonst nicht meine Art, wie Du weißt. Schreibe mir bitte, wie ich zu Euch fahre, lieber Freund.

Kann ich da wohnen? Wohnt Ihr? Sind da viele Mädchen? Soll ich lieber nicht kommen? Wollen wir uns gleich den ersten Abend besaufen? Liebst Du mich?

Ich sende Dir beigebogen in der Falte das Bild meines Fräulein Tochter. Sie wird so schön wie ich.

Lieber Freund, ich freue mich sehr, Euch zu sehen, und bin

Euer gutes Karlchen

Darunter stand, mit Rotstift, wie ein Aktenvermerk: „Sofort! Noch gestern! Eilt unbeschreiblich!“
„So“, sagte ich. „Da hätten wir ihn. Soll er kommen?“
Braun war die Prinzessin und frisch. „Ja“, sagte sie. „Jetzt kann er kommen. Ich bin ausgeruht, und wenn er überhaupt nach acht Tagen wieder fort fährt? Abwechslung ist immer gut.“
Demgemäß schrieb ich.
Wir waren in der Mitte der Ferien.
Baden im See; nackt am Ufer liegen, an einer versteckten Stelle; sich voll Sonne saugen, daß man nachmittags herrlich verdöst und trunken von Licht, Luft und Wasser nach Hause rollt; Stille; Essen; Trinken; Schlaf; Ruhe – Urlaub.
Dann war es soweit. „Wollen wir ihn abholen?“ – „Halen wi em aff.“
Es war ein strahlender Tag – ein Wetter, wie die Prinzessin sagte, ein Wetter zum Eierlegen. Wir gingen auf den Bahnhof. So ein winziger Bahnhof war das; eigentlich war es nur ein kleines Haus, das aber furchtbar ernst tat und vor lauter Bahnhof vergessen hatte, daß es Haus war. Da lagen auch zwei Schienenpaare, weil die ja zu einem Bahnhof gehören, und hinten kam der Waggon angeschnauft. Einen Zug gab es hier nicht – nur einen Motorwagen. Er hatte sich einen kleinen Schornstein angesteckt, damit man es ihm auch glaubte. Einfahrt. Gezisch. Karlchen.
Wie immer, wenn wir uns lange nicht gesehen hatten, machte er eine gleichmütig-freundlich-dümmliche Miene, so: „Na … da bist du ja …“ Er kam auf uns zu, der Schatten der kommenden Begrüßung lag schon auf seinem Gesicht, in der Hand trug er ein kleines Köfferchen. Der Bursche war gut gewachsen, und sein leicht zerhacktes Gesicht sah „jung und alert“ aus, wie er das nannte.
Guten Tag – und dies ist … und das ist … gebt euch mal die Hand … und: Wo hast du denn das große Gepäck? – Als die Präliminarien vorbei waren:
„Na, Karlchen, wie war denn die Reise?“
Er war nach Stockholm in einem Flugzeug geflattert, und heute mittag war er angekommen … „War es schön?“ – „Na …“, sagte Karlchen und fletschte nach alter Gewohnheit das Gebiß – „da war eine alte Dame, die hatte Luftbeschwer-

den. Gib mal 'n Zigarettchen. Danke. Und da haben sie doch diese kleinen Tüten … Zwei Tüten hatte sie schon verbraucht, und dann bekam sie nicht rasch genug die dritte, und der Mann neben ihr muß sich nun einen neuen Sommerüberzieher kaufen oder den alten reinigen lassen. Ich saß leider nicht neben ihr. Die sonstige Aussicht war sehr schön. Und wie gefällt es der Gnädigsten hier?"
Wenn Karlchen ‚Gnädigste' sagte, woran er selber nicht glaubte, dann machte er sich ganz steif und beugte den Oberkörper fein nach vorn; dazu hatte er eine bezaubernde Bewegung, den Unterarm mit einem Ruck zu strecken und ihn dann mit spitzem Ellenbogen wieder einzuziehen, wie wenn er nach seinen Manschetten sehen wollte …
Wie es der Gnädigsten gefiele? „Wenn der hier nicht dabei wäre", sagte die Gnädigste, „dann würde ich mich sehr gut erholen. Aber Sie kennen ihn ja – er schwabbelt so viel und läßt einen nicht in Ruhe …" – „Ja, das hat er immer getan. Wie schön", sagte er plötzlich, „daß ich meinen Schirm in der Bahn habe stehnlassen." Und wir gingen zurück und holten ihn. In Schweden kommt nichts fort. Die beiden waren sich sofort und sogleich einig – merkwürdig, wie bei Menschen oft die ersten Minuten über ihre gesamten späteren Beziehungen entscheiden. Hier war augenblicklich zu spüren, daß sich beide auf Anhieb verstanden:
das Ganze wurde nicht recht ernst genommen. Und ich schon gar nicht.
Karlchen war noch genau so wie vor einem Jahr, wie vor zwei Jahren, wie vor drei Jahren: so wie er immer gewesen war. Er hob grade den Kopf und schnupperte leicht mißtrauisch in der Luft herum. „Hier ist … irgendwas … Irgendwas ist hier … wie?" Das sagte er so hin, sprach dabei die Konsonanten scharf aus und trübte auch wohl manchmal das a, wie sie es im Hannöverschen zu tun pflegen. Genau so waren wir damals im Krieg am Ufer der Donau entlangspaziert und hatten gefunden, daß da irgend etwas sein müsse … Es war aber nichts.
Ich hoppelte neben den beiden her, die in ein angeregtes Gespräch über Schweden und über die Landschaft, über die Fliegerei und über Stockholm vertieft waren, die Prinzessin hatten wir in die Mitte genommen, manchmal sprachen wir

über sie hinweg, und ich badete in einer tiefen Badewanne von Freundschaft.
Sich auf jemand verlassen können! Einmal mit jemand zusammen sein, der einen nicht mißtrauisch von der Seite ansieht, wenn irgendein Wort fällt, das vielleicht die als Berufsinteressen verkleidete Eitelkeit verletzen könnte, einer, der nicht jede Minute bereit ist, das Visier herunterzulassen und anzutreten auf Tod und Leben … ach, darauf treten die Leute gar nicht an – sie zanken sich schon um eine Mark fünfzig … um einen alten Hut … um Klatsch … Zwei Männer kenne ich auf der Welt; wenn ich bei denen nachts anklopfte und sagte: Herrschaften, so und so … ich muß nach Amerika – was nun? Sie würden mir helfen. Zwei – einer davon war Karlchen. Freundschaft, das ist wie Heimat. Darüber wurde nie gesprochen, und leichte Anwandlungen von Gefühl wurden, wenn nicht ernste Nachtgespräche stattfanden, in einem kalten Guß bunter Schimpfwörter erstickt. Es war sehr schön.
Wir hatten ihn im Hotel untergebracht, weil es in diesen Tagen bei uns keinen Platz mehr gab. Er sah sein Zimmer an, behauptete, es röche darin wie im Schlafzimmer Ludwigs des Anrüchigen, es wäre überhaupt „etwas dünn" … das sagte er von allem, und ich hatte es schon von ihm angenommen; dann mußte er sich waschen, und dann saßen wir unter den Bäumen und tranken Kaffee.
„Na, Fritzchen …?" sagte er zu mir. Niemand wird je ergründen können, warum er mich Fritzchen nannte. „Kann man denn bei euch baden? Wie ist der See?" – „Es sind gewöhnlich sechzehn Grad Celsius oder zwanzig Remius", sagte ich. „Das macht die Valuta." Das sah er ein. „Und was tun wir heute abend?" – „Ja …", sagte die Prinzessin, „heute wollen wir einen ganz stillen Abend abziehen …" – „Kann man hier Rotwein bekommen?" – Ich berichtete die betrübliche Tatsache mit dem Rotwein und erzählte davon, daß in der ‚Sprit-Zentrale' ein junger Mann Chablis unter den Rotweinen gesucht habe. Karlchen schloß wehmütig die Augen. „Aber du darfst den Wein bezahlen, Karlchen – das ist der sogenannte Einstand, den die Fremden hier geben." Das hörte er leider nicht. Ein Mädchen ging vorüber – nicht einmal ein besonders hübsches. „Na …?" sagte Karlchen,

„was ...?“ Und sprach weiter, als ob gar nichts gewesen wäre. Es war auch nichts. Aber er mußte das sagen – sonst wäre er wohl geplatzt. Und nun fingen wir langsam an, uns wie vernünftige Menschen zu gebärden.
Wir waren ein ganzes Stück Zeit miteinander gefahren und sprachen unter uns einen Cable-Code, der vieles abkürzte. Die Prinzessin fand sich überraschend schnell darein – es war ja auch nichts Geheimnisvolles, es war eben nur die Übereinstimmung in den Grundfragen des Daseins. Wir wußten beide, daß es ‚alles nicht so doll‘ sei ... und wir hatten uns aus Skepsis, Einsicht, Unvermögen und gutangelegter Kraft eine Haltung zusammengekocht, die uns in vielem schweigen ließ, wo andre wild umhersurrten. Die größten Vorzüge dieses Mannes lagen, neben seiner Zuverlässigkeit, im Negativen: was er alles nicht sagte, was er nicht tat, nicht anstellte ... Da gab es keine fein gebildeten Verdauungsgespräche, in denen die Herren dem ‚Geist ihrer Zeit‘ einen scheußlichen Tribut darbringen, ohne übrigens ihr Leben auch nur um einen Deut zu ändern. Da wurde nicht literarische Bildung verzapft, und es gab keine Wiener Aphorismen über Tod, Liebe, Leben und Musik wie bei den Journalisten aus Österreich und den ihnen Anverwandten ... es wird einem himmelangst, wenn man das hört, und beim ersten Mal glaubt man das druckfertige Gerede auch, und es ist alles, alles nicht wahr. Was Karlchen anging, wo war das ein Stiller. Er rauchte die Welt an, wunderte sich über gar nichts mehr, war ein braver Arbeiter im Aktengarten des Herrn und zog zu Hause zwei Kinder auf, ohne dabei ein Trockenmieter seiner selbst zu werden. Hier und da fiel er in Liebe und Sünde, und wenn man ihn fragte, was er nun wieder angestellt hätte, dann fletschte er die Zähne und sagte: „Sie hat mich über die Schwelle der Jugend geführt!“ und dann ging es wieder eine Weile.
Jetzt saß er da und rauchte und dachte nach.
„Wir müssen an Jakopp schreiben“, sagte er. Jakopp war der andre – wir waren drei. Mit der Prinzessin vier. „Was wollen wir ihm denn schreiben?“ fragte ich. „Hast du ihn gesehn? Du bist doch über Hamburg gefahren?“ Ja, Karlchen war über Hamburg gefahren, und er hatte ihn gesehen. Jakopp war der Verschrullteste von uns, am Hamburger Wasserwerk

sich betätigend, ein Ordentlicher, der deshalb auch die Georginen über alles liebte – „Georgine, die ordentliche Blume“, sagte er – ein Kerl von bunter Verspieltheit und mit vierhundertvierundvierzig fixen Ideen im Kopf. Wir paßten gut zueinander.
„Wo ist denn auf einmal die Prinzessin?“ fragte Karlchen. Die Prinzessin war ins Städtchen gegangen. „Knöpfchen kaufen.“ Wir kauften nie zusammen Knöpfchen, womit jede Art Einkauf gemeint war – wenn wir es aber doch taten, dann zankten wir uns dabei. Nun war sie fort. Wir schwiegen eine Weile.
„Na, und sonst, Karlchen?“ – „Sonst hat sich Jakopp Pastillen gekauft, weil er doch so viel raucht. Und wenn er raucht, dann hustet er doch so. Du kennst das ja – es ist ein ziemlich scheußlicher Anblick. Und jetzt hat er sich gegen das Rauchen ein Mittel besorgt: Fumasolan heißen die Dinger. Hm.“ – „Na und? Helfen sie?“ – „Nein, natürlich nicht. Aber er sagt: seit er das nimmt, verspürt er eine merkwürdige Steigerung seiner Manneskräfte. Das stört ihn sehr. Ob sie ihm die falschen Pastillen eingepackt haben?“ – So ging alles in Jakopps Leben zu, und wir hatten viel Freude daran.
„Gib mal eine Karte. Was wollen wir ihm denn ...?“ Endlich hatte ich es heraus. Wir wollten ihm eine Telegrammkarte schicken, weil das tägliche Telegramm, das ihn gestört und herrlich aufgebracht hätte, zu teuer gewesen wäre. Wir telegrafierten also fortab auf Karten entsetzlich eilige Sachen – heute diese:

> hergeflogenes karlchen soeben fast zur gänze
> eingetroffen drahtet sofort, ob sofort drahten
> wollt stop großmutti leider aus schaukel gefallen
> großvati

Diese schwere Arbeit hatten wir hinter uns ... nun ruhten wir aus und sagten erst mal gar nichts. Da kam die Prinzessin.
Sie hatte vielerlei Knöpfchen eingekauft; es ist rätselhaft, was für eine Fülle von Waren Frauen noch in den kleinsten Ortschaften entdecken. Und Geld hatte sie auch nicht mehr, und ich zog mit gefurchter Stirn die Brieftasche und tat mich

sehr dick. Dann legten wir uns ins Gras.
„Geht euch das eigentlich auch so“, sagte Karlchen, der hier schon völlig zu Hause war, „daß ihr euch so schwer erholt? Erholung ist eine Arbeit, finde ich. Man macht und tut, auch wenn man gar nichts tut – und man merkt es erst hinterher, wie …?“ – „Hm“, machten wir; wir waren zu faul, zu antworten. Es knisterte. „Steck die Zeitungen weg!“ sagte ich. „Habt ihr gelesen …?“ sagte er. Und da war es.
Da war die Zeit.
Wir hatten geglaubt, der Zeit entrinnen zu können. Man kann das nicht, sie kommt nach. Ich sah die Prinzessin an und zeigte auf die Zeitung, und sie nickte: wir hatten heute nacht davon gesprochen, davon und von der Zeit und von dieser Zeit … Man denkt oft, die Liebe sei stärker als die Zeit. Aber immer ist die Zeit stärker als die Liebe.
„Gelesen … gelesen …“, sagte ich. „Karlchen, was liest du jetzt eigentlich für eine Zeitung?“ – Er nannte den Namen. „Man soll nicht nur eine lesen“, lehrte ich weise. „Das ist gar nichts. Man muß mindestens vier Zeitungen lesen und eine große englische oder französische dazu; von draußen sieht das alles ganz anders aus.“ – „Ich muß mich wundern“, sagte die Prinzessin, „was unsereiner da so vorgesetzt bekommt. Seht mal – Zeitungen für uns gibt es eigentlich gar nicht. Sie tun immer alle so, als ob wir wer weiß wieviel Geld hätten – nein, als ob es gar kein Geld auf der Welt gäbe … dabei wissen sie genau: wir haben nur wenig – aber sie tun so. Was sie uns da alles erzählen … und was sie alles abbilden!“ – „Geronnene Wunschträume. Du sollst schlafen, du sollst schlafen, du sollst schlafen, liebes Kind!“ – „Nein, das meine ich nicht“, sagte die Prinzessin. „Ich meine: sie sind alle so furchtbar fein. Noch wenn sie den Dalles schildern, ist es ein feiner Dalles. Sie schweben eine Handbreit über dem Boden. Ob mal ein Blatt sagt, wie es nun wirklich ist: daß man am Zwanzigsten zu knapsen anfängt, und daß es mitunter recht jämmerlich und klein ist und daß man sich gar nicht so oft ein Auto leisten kann, von Autos kaufen überhaupt nicht zu reden, und mit ihrer lächerlichen Wohnungskultur … haben wir vielleicht anständige Wohnungen?“
„Die Leute fressen einen auf“, sagte ich. „Das Schlimmste

ist: sie stellen die Fragen und sie ziehen die Kreise und sie spannen die Schnüre – und du hast zu antworten, du hast nachzuziehen, du hast zu springen ... du kannst dir nichts aussuchen. Wir sind nicht hienieden, um auszusuchen, sondern um vorliebzunehmen – ich weiß schon. Aber daß man lauter Kreuzworträtsel aufbekommt: Rom gibt dir eins auf und Rußland eins und Amerika und die Mode und die Gesellschaft und die Literatur – es ist ein bißchen viel für einen einzelnen Herrn. Finde ich."
„Wenn man sich das recht überlegt", sagte Karlchen, „sind wir eigentlich seit neunzehnhundertundvierzehn nicht mehr zur Ruhe gekommen. Spießerwunsch? Ich weiß nicht. Man gedeiht besser, wenn man seinen Frieden hat. Und es kommt alles nach – es wirkt so nach ... Weißt du noch: der allgemeine Irrsinn in den Augen, als uns das Geld zerrann und man ganz Deutschland für tausend Dollar kaufen konnte? Damals wollten wir alle Cowboys werden. Eine schöne Zeit!"
„Lieber Mann, wir haben das Pech, nicht an das zu glauben, was die Kaffern Proppleme nennen – damit trösten sie sich. Es ist ein Gesellschaftsspiel."
„Arbeiten. Arbeit hilft", sagte die Prinzessin.
„Liebe Prinzessin", sagte Karlchen, „ihr Frauen nehmt das ja ernst, was ihr tut – das ist euer unbestrittener Vorzug vor uns andern. Wenn man das aber nicht kann ... Immerhin: eine so schöne junge Frau ..."
„Sie werden ausgewiesen, wenn Sie so reden", sagte die Prinzessin. „Vastahn Sie Plattdütsch?" – Karlchen strahlte: er sprach Platt wie ein hannöverscher Bauer, und jetzt schnackten sie eine ganze Weile in fremden Zungen. Was sagten sie da? Ich horchte auf. „Das hast du mir doch noch gar nicht erzählt?"
„Nein ...? Habe ich das nicht?" Die Prinzessin tat furchtbar unschuldig. Sie log sonst gut – aber jetzt log sie ganz miserabel. „Also?"
Der Generalkonsul hatte es mit ihr treiben wollen. Wann? Vor zwei Monaten. „Bitte erzähl."
„Er hat gewollt. Na, ihr wollt doch alle. Verzeihen Sie, Karlchen, außer Ihnen natürlich. Er hat eines Abends ... also das war so. Eines Abends hat er mich gefragt, ob ich länger blei-

ben könnte, er hätte noch ein langes Exposé zu diktieren. Das kommt manchmal vor – ich habe mir nichts dabei gedacht; natürlich bin ich geblieben." – „Natürlich ...", sagte ich. „Ihr habt ja sonst den Achtstundentag." – „Quackel nicht, Daddy – wir haben ihn natürlich nicht, ich habe ihn nicht. Das ist eben in meiner Position ..." – „Darüber werden wir uns nie einigen, Alte. Ihr habt ihn nicht, weil ihr ihn euch nicht erkämpft. Und ihr kämpft nicht – ach, ich habe jetzt Ferien." – „Gibt es dafür Ferien?" fragte Karlchen. „Also", fuhr die Prinzessin fort, „Exposé. Wie das fertig ist, bleibt er mitten im Zimmer stehen – wissen Sie, Karlchen, mein Chef ist nämlich furchtbar dick – bleibt mitten im Zimmer stehn, sieht mich mit so ganz komischen Augen an und sagt: Haben Sie eigentlich einen Freund? Ja, sage ich. Ach, sagt er, sehn Sie mal an – und ich hatte gedacht, Sie hätten gar keinen. Warum nicht? sage ich. Sie sehn nicht so aus, also ich meine ... Na, und dann kam er langsam damit heraus. Er wäre doch so allein, das sähe ich doch ... zur Zeit hätte er überhaupt keinen Menschen, und er hätte mal eine langjährige Freundin gehabt, die hätte ihn aber betrogen –" Karlchen schüttelte bekümmert den Kopf, wie so etwas wohl möglich wäre. „Na, und was hast du gesagt?" – „Du alter Affe – ich habe Nein gesagt." – „Ach?" – „Ach! Hätte ich vielleicht Ja sagen sollen?" – „Na, wer weiß! Eine gute Position ... Hör mal, ich habe da einen Film gesehn –" – „Da bezieht er nämlich seine Bildung her, Karlchen. Würden Sie mit ihrem Chef was anfangen?" – Karlchen sagte, er würde mit seinem Chef nie etwas anfangen. „Das ist ja alles Unsinn", sagte die Prinzessin. „Männer verstehen das nicht. Was hat man denn davon? Ich müßte seine Sorgen teilen wie seine Frau, arbeiten wie seine Sekretärin, und wenn die Börse fest ist, dann bleibt er eines Abends bei einer andern mitten im Zimmer stehn und fragt sie, ob sie vielleicht einen Freund ... Ach, geht mir doch los!" – „Und an mich hast du gar nicht gedacht?" sagte ich. „Nein", sagte die Prinzessin. „An dich denke ich erst, wenn der Mann in Frage kommt." Und dann standen wir auf und gingen an das Seeufer.

Das Schloß schlief dick und still; überall roch es nach Wasser und nach Holz, das lange in der Sonne gelegen hatte,

nach Fischen und nach Enten. Wir gingen am See entlang.
Und ich genoß diese beiden; dies war ein Freund, nein, es waren zwei Freunde – und ich verriet die Frau nicht an den Mann, wie ich es fast immer getan hatte; denn wenn da ein Mann war, mit dem es etwas zu erzählen gab, dann ließ ich die Frau liegen, als ob ich nicht noch eben mit ihr geschlafen hätte; ich gab sie auf, kümmerte mich nicht mehr um sie und verriet sie voller Feigheit an den ersten besten. Dann ließ sie los. Und dann wunderte ich mich.
Die zwei sprachen sich in ihren Dialekten über ihre Heimat aus. Sie sagten, wo man das r aussprechen müsse und wo nicht; sie ergänzten ihre Schimpfwörterverzeichnisse; sie wußten beide, was das ist: niederdeutsch. Es ist jener Weg, den die deutsche Sprache leider nicht gegangen ist, wieviel kraftvoller ist da alles, wieviel bildhafter, einfacher, klarer – und die schönsten Liebesgedichte, die der Deutsche hat, stehen auf diesen Blättern. Und die Menschen ... was es da im alten Niederdeutschland, besonders an der Ostsee, für Häuser gegeben hat, eine Traumwelt von Absonderlichkeit, Güte und Musik, eine Käfersammlung von Leuten, die alle nur einmal vorkommen ... Vieles davon ist nun in die Hände dummer Heimatdichter gefallen, die der Teufel holen möge – scheinbar gutmütige Bürger, unter deren rauchgeschwängerten Bärten der Grog dampft und die die kraftvolle Männlichkeit ihrer alten Sprache in einen fatalen Brei von Gemütlichkeit umgelogen haben –: Oberförster des Meeres. Manche haben sich den Bart abrasieren lassen und glauben nun, wie alte Holzschnitte auszusehen – aber es hilft ihnen nichts; kein Wald rauscht in ihnen, kein Meer rauscht in ihnen, ihnen rauscht der Bart. Ihre Gutmütigkeit verschwindet im Augenblick, wo sie etwas verwirrt in die neue Zeit starren und auf den politischen Gegner stoßen; dann krabbelt aus ihnen ans Licht, was in ihnen ist: der Kleinbürger. Unter ihren Netzhemden schlägt ein Herz, im Parademarsch.
Das ist nicht unser Plattdeutsch, das nicht.
Niederdeutschland aber geht nicht ein – es lebt und wird ewig leben, solange dieses Land steht. Dergleichen hat es außerhalb Deutschlands nur noch einmal gegeben, aber da auf dem Rücken einer dienenden, nicht gut behandelten Kaste:

in Kurland. Doch der Niederdeutsche ist anders. Seine Worte setzt er bedächtig, und sie sind gut. Und darüber sprachen die beiden. Und ich wußte: das Beste an der Prinzessin stammte aus diesem Boden. Und ich liebte in ihr einen Teil dieses Landes, das einem so sehr schwer macht, es zu lieben. Dessen ratlose Seelen es für eine Auszeichnung halten, gehaßt zu werden. Da war die Zeit, da war sie wieder. Nein, für uns gibt es wohl keine Ferien.
Die beiden aber schnackten unentwegt. Jeder pries *sein* Plattdeutsch als das allein wahre und schöne, das des andern wäre ganz falsch. Jetzt waren sie bei den Geschichten angelangt.
Die Prinzessin erzählte die vom Schuster Hagen, dem der Amtsverwalter sein Prost Neujahr zugerufen hatte: „Ick wünsch Se uck veel Glück taut niege Johr, Meisting!" – Und der andre hatte dann verehrungsvoll über den ganzen Marktplatz zurückgebrüllt: „Ins Gegenteil! Ins Gegenteil, Herr Amtsverwalter!" Und jene vom Schulzen Hacher, der seinen Ochsen auf die Ausstellung brachte und dazu sprach: „Ick dau dat nicht für Geld. Ick dau dat blodsen för de Blamasch!"
Und dann wieder Karlchen: wie Dörten, Mathilde und Zophie, die neugierigsten Mädchen in ganz Celle, ihn gefragt hatten, wer denn der junge Mensch wäre, der jetzt immer morgens durch die Straßen ginge. Er konnte es ihnen nicht sagen. Und dann hatte er sie nachts geweckt, das ging gut, denn sie wohnten parterre – und als sie ganz erschreckt ans Fenster kamen, alle drei: „Ich wollte den Däömen nur sagen: der Herr von heute morgen hat fromme Bücher verkauft."
Und dann sangen sie schöne Lieder, immer eines nach dem andern. Die Prinzessin:

„Auf dem Berge Sinai, da sitzt die Mutter Pietschen,
und wenn sie nichts zu essen hat, dann ...

Karlchen, wie ist das mit einem Lullerchen Schlaf, heute nachmittag?" fragte sie plötzlich. Karlchen sang gerade:

„Sie trug ein buntkariertes Kleid,
mir tut mein Geld noch heute leid –

„Nein“, sagte er. „Heute nachmittag tun wir einen schönen Spaziergang. Das ist gut für den Dicken, und wir schlafen dann nachts besser.“ Der Dicke war ich. Wohlwollend musterte mich sein Blick. „Wenn man euch junges Volk so sieht ... gut erholt seid ihr –!“
Und so fühlten wir uns auch. Ich wackelte schweigend neben den beiden her, denn junges Glück soll man nicht stören.
Begehrte er sie –?
Natürlich begehrte er sie. Aber dies war ein ungeschriebenes Gesetz zwischen uns: Totem und Tabu ... Unter welchem Tier wir geboren waren, wußten wir nicht; aber es mußte wohl das gleiche sein. Und die Frauen des andern: nie. Rational gemacht hatten wir das so: „Deine Bräute ... also wenn man die schon sieht – herzlichen Glückwunsch!“ Und wieder fühlte ich, zum hundertsten Male in so vielen Jahren, das Unausgesprochene dieser Freundschaft, das Fundament, auf dem sie ruhte. Ich kannte den Urgrund seiner Haltung. Ich wußte, weil ich es mitangesehen hatte: was der Mann alles erlebt hatte („Über mich ist ein bißchen viel hinweggebraust!“ pflegte er zu sagen); ich sah seine unbedingte Selbstbeherrschung; wenns schiefging, der konnte die Ohren steifhalten. Oft, wenn ich nicht weiter wußte, dachte ich: Was täte Karlchen jetzt? Und dann ging es wieder eine Weile. Eine richtige Männerfreundschaft ... das ist wie ein Eisberg: nur das letzte Viertel sieht aus dem Wasser. Der Rest schwimmt unten; man kann ihn nicht sehn. Klamauk – Klamauk ist nur schön, wenn er auf Ernst beruht.
„Plattdeutsch predigen“, hörte ich Karlchen grade sagen, „nein – nein.“ – „Das ist doch Unfug, Herr Karlchen“, sagte die Prinzessin. „Warum denn nicht? Den Bauern vestehn es doch viel besser. Natürlich euern Platt ... aber unsen Plattdeutsch ...“ – „Schöne junge Frau“, sagte Karlchen; „das ist es nicht. Die Bauern verstünden es schon – und eben deswegen mögen sie es nicht. In der Kirche wollen sie nicht die Sprache ihres Alltags; vor der haben sie keine Achtung – was kann an dem sein, was sie im Stall sprechen? Sie wollen das andre, das Ungewöhnliche, das Feierliche. Sonst sind sie enttäuscht und nehmen den Pastor nicht für voll. Na, und nun gehn wir ja wohl im Chantant ... Fritzchen, weißt du noch?“

Und ob ich es wußte! Das stammte von Herrn Petkoff aus Rumänien, vom rumänischen Kriegsschauplatz, den wir gemeinsam bevölkert hatten. Herr Petkoff pflegte Geschichten zu erzählen, die sich durch besondere Pointenlosigkeit auszeichneten, aber sie endeten alle im Puff. „Sagt er zu mir: Petkoff, du Schwain, komm, gehn wir im Chantant!“ Und was da nun war, wollte die Prinzessin gern wissen. Karlchen machte vor: „Petkoff sagte und schlug sich dabei auf die Oberschenkel: Hier ein Mättchän und da ein Mättchän ...“ – „Aber Karlchen“, sagte die Prinzessin, „da muß ich ja rot werden!“ – „Er hatte eine Freundin, der Petkoff. Die hatte vor seiner Zeit dreizehn Geliebte gehabt.“ – „Dreizehn Geliebte“, lobte die Prinzessin. „Und wieviel schnelle Männer –?“
So schritten wir selbander dahin.
Da blieb die Prinzessin stehen, um sich zu pudern. „Ich begreife nicht, wie man sich in Gottes freier Natur pudern kann“, sagte ich. „Die Luft hat doch ... der Teint ist ...“ – „Du gewinn den Nobelpreis und halt den Schnabel“, sagte sie. „Hör mal, ich sage dir das wirklich ...“ – „Daddy, das verstehn die Männer nie – und wir verstehn uns doch wirklich gut. Jeder seins, lieber Daddy. Du schminkst dich nicht, und ich genieße des Puders. So ist das!“ Nun setzten wir uns auf eine Bank. Ich brummte: „They are the same ...“, dieser Satz Byrons machte meinen halben englischen Sprachschatz aus. „Sei mal nett zu ihr!“ sagte Karlchen, und die Prinzessin war begeistert und nickte ihm fröhlich zu: „Nicht wahr?“ – „Wer seine Braut zu seinem Weibe macht“, sagte Karlchen, „der soll auch das Weib zu seiner Braut machen!“ – „Nun gebt euch einen Kuß!“ sagte ich. Das taten sie. „Sei wirklich nett zu ihr!“ sagte Karlchen noch einmal. Er war ein Vorübergehender. Der Vorübergehende ist stets milde und weise, hat für alles gute und kluge Worte und geht vorüber. Wir, die wir bleiben ... Aber gleich war diese kleine Wolke vorbei. Weil Karlchen das gescheite Wort sprach: „Bei uns zu Hause sagen sie immer: Zur Heirat gehört mehr als nur vier nackte Beine ins Bett.“
„Karlchen“, sagte ich unvermittelt, „was wird aus uns mal? Ich meine ... so später ... im Alter ...?“
Er antwortete nicht gleich. Dafür die Prinzessin: „Daddy,

weißt du noch, was auf der alten Uhr stand, die wir in Lübeck zusammen gesehen haben und die wir damals nicht kaufen konnten?“ – „Ja“, sagte ich. „Es stand drauf: Lasset die Jahre reden!“
Ich sah sie an, und sie gab den Blick zurück: wir faßten uns mit den Augen bei den Händen. Sie war bei mir. Sie gehörte dazu. Sie sorgte für mich.
Als wir aber nach Hause kamen, lag da für die Prinzessin ein großer Strauß aus Mohrrüben, Petersilie und Sellerie. Der war von Karlchen, denn so liebte er, wenn er liebte.

2

„Das laßt man Frau Direktor sehn!“ sagte das Stubenmädchen Emma. „Die ist heute grade in der richtigen Laune!“
Das Gelächter der vier kleinen Mädchen verstummte jäh. Eine bückte sich scheu nach den Büchern, mit denen sie sich eben beworfen hatten. Hanne, die dicke Hanne aus Ostpreußen, setzte zu einer Frage an. „Was ist denn? Ist Frau Direktor ...?“ – „Na, macht nur!“ sagte das Mädchen und lachte schadenfroh. „Ihr werdt ja sehn!“ Und ging eilig davon. Die vier standen noch einen Augenblick zusammen, dann verteilten sie sich rasch im Korridor. Hanne war die letzte.
Sie hatte grade die Tür des Schlafzimmers aufgemacht, in dem die andern schon standen und ihre Badesachen zusammensuchten, als man die schrille Stimme der Frau Adriani aus dem untern Stockwerk vernahm – wie laut mußte sie sprechen, daß man das so deutlich hören konnte! Die Mädchen standen wie die Wachspuppen.
„So? Ach! Das hast du nicht gewußt! Das hat das gute Lieschen nicht gewußt! Habe ich dir nicht schon tausendmal gesagt, daß man seinen Schrank nicht offenstehn läßt? Was? Wie?“ – Man hörte, wie aus einer Watteschachtel, ein ganz leises Weinen. Oben sahen sie sich an und atmeten, sie schauerten vor Angst zusammen. „Du bist eine Schlumpe!“ sagte die ferne Stimme. „Eine dreckige Schlumpe! Was? Der Schrank ist allein aufgegangen? Na, da hört doch ... Und – was ist denn das hier? Wie? Seit wann bewahrst du dir denn

Essen in der Wäsche auf? Wie? Du Teufelsbraten! Ich werde dir –"
Nun wurde das Weinen lauter, so laut, daß man es deutlich hören konnte. Schläge konnten sie nicht hören –: Frau Adriani pflegte nicht zu schlagen, sie knuffte. „Hier – und da – und jetzt ... Ich werde euch überhaupt mal alle ..." Fortissimo: „Alle runterkommen! In den Eß-Saal!"
In die Wachspuppen oben kam Leben; sie warfen ihre Badesachen auf die Betten, sie hatten plötzlich hochrote Köpfe, und einer, der ewig blassen Gerti, standen Tränen in den Augen. Man hörte, rasch hervorgestoßen: „Macht doch! Fix!", dann gingen sie hinunter, sie liefen fast, schweigend.
Aus allen Türen kamen die Mädchen; sie hatten erschrokkene Gesichter, eine fragte leise: „Was ist denn ..." und wurde gleich zur Ruhe verwiesen. Auf den Treppen trappelte es, Schritte, Poltern, Türenklappen ... nun war der Eß-Saal voll. Als letzte kam Frau Adriani, eine rote Wolke, mit der weinenden Lisa Wedigen an der Hand.
Das Gesicht der Frau war gerötet, ihr Lebensmotor lief auf Touren; sie lebte doppelt, wenn sie in solcher Erregung war. „Alle da –?" Sie sah über die Mädchen hin, mit jenem Blick, von dem jede glaubte, er hätte sie, grade sie gemeint. Hart: „Lisa Wedigen hat Essen gestohlen!" – „Ich ...", was die Kleine sagen wollte, erstickte in Geschluchz. „Lisa Wedigen stiehlt. Sie hat von unserm Essen gestohlen", sagte Frau Adriani mit Nachdruck, „gestohlen, und sie hat es in ihrem Schrank versteckt. Der Schrank war natürlich in einer scheußlichen Unordnung, wie immer bei Dieben; die Wäsche vom Essen beschmutzt, die Schranktür war offen. Wer nicht hören will, muß fühlen. Ihr wißt, wie ich es euch gleich am Anfang gesagt habe: wenn hier eine was falsch macht, dann büßen alle. Das ist Gerechtigkeit. Ich werde euch ...! Also:
Lisa hat heute abend Essenentzug. Sie darf die nächsten acht Tage nicht mit uns spazierengehen, sondern bleibt zu Hause auf dem Zimmer. Morgen bekommt sie nur das halbe Essen. Das Baden fällt heute aus. Ihr macht alle Schreibübungen. Lisa schreibt besonders vier Kapitel aus der Bibel ab. Ihr seid eine ganz verlotterte Bande! Marsch – auf die Zimmer!"

Schweigend und beklommen tropfte die Schar aus den beiden Türen; manche sahen sich bedeutungsvoll an, die Abgehärteteren schlenkerten mit den Armen und taten unbekümmert-trotzig; zwei weinten. Lisa Wedigen schluchzte, sie sah niemand an und wurde von niemand angesehen. Das Kind blickte auf –

Der große Abreiß-Kalender an der Wand zeigte eine 27, eine schwarze 27. Als sich das Kind mit den andern durch die Tür schob, blätterte der Zugwind im Kalender ... so viele Blätter waren das, so viele Blätter. Und wenn dieser Kalender verbraucht war, dann hängte Frau Adriani einen neuen auf. Der Blick des Kindes fiel auf das Bildnis Gustav Adolfs, das im Korridor hing. Der hatte es gut. Er war hier, und er war doch nicht hier. Dem taten sie nichts. Merkwürdig, daß die Menschen den Sachen nichts tun. Das Kind dachte: Noch einmal so, und ich laufe fort, ich laufe aus dem Haus ...

In den Stuben herrschte eine stille Geschäftigkeit. Die Badeanzüge und die Handtücher wurden fortgelegt, zitternde Hände rissen Schubladen auf und kramten hastig darin umher, ein Flüsterwort unterbrach diese Geräusche.

Unten im Eß-Saal stand die Adriani, allein.

Ihr Atem ging rasch, sie hatte sich, anfangs kalt, in eine Wut hineingesteigert – wie sie meinte: zu pädagogischen Zwekken, und jetzt war sie wütend, weil sie wirklich wütend war. Ihr beißender Ärger besänftigte sich erst, als sie an die Vorstellung dachte, in der sie soeben aufgetreten war. Sie hatte so ein aufmerksames Publikum gehabt ... alles kam darauf an, ein Publikum zu haben. Sie sah sich um. Hier war alles, bis zum Bewurf an der Mauer, dem Kitt in den Ritzen der Fensterscheiben, dem Linoleumbelag und den Türangeln – alles war gezählt, kontrolliert, aufgeschrieben und beaufsichtigt. Hier gab es nichts, das nicht ihrer Herrschaft unterstand. Sie fühlte: wenn sie den brennenden Herd scharf anblickte – er würde leiser brennen. Hier war ihr Reich. Deshalb ging auch Frau Adriani mit den Kindern nicht gern aus; sie vergällte ihnen die Spaziergänge, wo sie nur konnte, denn die Natur stand nicht stramm vor ihr. Ihr Wille tobte durch das geräumige Landhaus, das sie längst nicht mehr als gewöhnliches Haus ansah – es war ein souveränes Reich, eine kleine Welt für sich. Sie formte täglich an vierzig Kin-

dern, den Dienstboten und ihren Nichten – der Mann zählte nicht; mit so vielen Figuren spielte sie ein lebendiges, ein schmerzvolles, ein lustvolles Spiel. Und setzte immer die andern matt. Und siegte immer. Das Geheimnis ihres Erfolges war keines: sie glaubte an diesen Sieg, konnte arbeiten wie ein Bauernpferd und sparte ihre Gefühle für sich selbst.
Sie kam sich sehr einmalig vor, die Frau Adriani. Und hatte doch viele Geschwister.

3

Es war ein bunter Sommertag – und wir waren sehr froh. Morgens hatten sich die Wolken rasch verzogen; nun legte sich der Wind, und große, weiße Wattebäusche leuchteten hoch am blauen Himmel, sie ließen die gute Hälfte unbedeckt und dunkelblau – und da stand die Sonne und freute sich.
„Wir gehn heute auch nicht in die Heija“, sagte Karlchen, der merkwürdigerweise nach dem Essen nicht schlafen wollte. „Sondern wir gehen nicht schlafen, und vielmehr gehn wir in die Felder. Hoppla!“
Auf und davon. Bauern kamen vorüber, wir grüßten, und sie sagten etwas, was wir nicht verstanden. „Bielern dich man blodsen nich ins Schwedsche!“ sagte die Prinzessin. „Wenn man ierst die Landessprache päffekt kann, denn is das nich mehr so schoin. Denn den Baum des Wissens is nich ümme den des Lebens.“ – „Lydia“, sagte ich, „wir wollen doch mal dem Kinderheim längsgehn!“ Und wir gingen.
Um den See herum, an den Chausseen entlang; einmal kam uns ein Auto entgegengetorkelt, man kann es nicht anders nennen, so sehr fuhr es im Zick-Zack. Ein junger Herr saß am Steuer mit jenem dämlich-angespannten Gesicht, wie es Neulinge am Steuerrad haben. Er war ganz Aufmerksamkeit, Krampf und Angst. Sein Lehrer saß neben ihm. Wir sprangen beiseite, denn der junge Herr hätte sicherlich lieber uns drei überfahren als eine Ameise, die er wohl grade sah ...
Dann gingen wir von der Chaussee ab, in den Wald.
Die Wege in Schweden führen manchmal grade durch kleine Anwesen, die Zauntür ist offen, und man geht über den Hof

hinweg. Da standen kleine Häuschen, still und sauber ...
„Guck – das wird das Kinderheim sein!“ sagte Karlchen.
Auf einem kleinen Hügel lag ein langgestrecktes Haus; das war es sicherlich. Wir gingen langsam näher. Es war ganz still. Wir blieben stehn. „Müde?“ Und wir lagerten uns auf dem Moos und ruhten. Lange, lange.
Plötzlich knallte drin im Haus eine Tür – es war wie ein Schuß. Stille. Die Prinzessin hob den Kopf.
„Ob wir wohl die strenge Leiterin zu sehen be ...“, ich sprach nicht zu Ende. Eine kleine Tür an der Querseite des Hauses hatte sich geöffnet, und heraus stürzte ein kleines Mädchen. Es lief wie ein blinder Mensch, nein, wie ein Tier; es hatte nicht nötig, zu sehen, wohin die Füße traten – ein Instinkt trieb es. Es lief erst ein kleines Stück ganz gradeaus, dann blickte es auf, und mit einer blitzschnellen Bewegung schlug es einen Haken und lief uns grade in die Arme. „Na ... na“, machte ich. Das Kind sah auf: wie wenn es aus einem langen Schlaf erwachte. Sein Mund öffnete sich, schloß sich wieder, die Lippen zitterten, es sagte nichts. Nun erkannte ich es: wir hatten es auf unserm Spaziergang mit den andern getroffen. „Na ...?“ sagte die Prinzessin. „Du hast es aber eilig – wo willst du denn hin? Spielen?“
Da ließ das kleine Mädchen den Kopf sinken und fing an zu weinen ... ich hatte so etwas noch niemals gehört. Frauen sind, wenn der Schmerz kommt, weniger lyrisch als wir Männer – sie helfen also besser. Die Prinzessin beugte sich hinunter. „Was ... was ist denn –“ und wischte der Kleinen die Tränen ab. „Was hast du denn? Wer hat dir denn etwas getan?“ Das Kind schluchzte. „Ich ... sie ... ich bin schon mal weggelaufen, heute ... die Frau Direktor ... Lisa Wedigen hat gestohlen, sie will mich hauen, sie will uns alle hauen, ich bekomme heute nichts zu essen – ich will zu Mutti! Ich will zu Mutti!“ – „Wo ist denn deine Mutti?“ fragte die Prinzessin. Die Kleine antwortete nicht; sie starrte ängstlich auf das Haus und machte eine Bewegung, als wollte sie fortlaufen. „Nun bleib mal da – wie heißt du denn?“ – „Ich heiße Ada“, sagte die Kleine. „Und wie noch?“ – „Ada Collin.“ – „Und wo ist deine Mutti?“ – „Mutti ...“, sagte das Kind, und dann etwas, was man nicht verstand. „Wohnt deine Mutti sonst auch hier?“ Das Kind schüttelte den Kopf. „Wo denn?“

– „In der Schweiz. In Zürich …“ – „Na und?“ fragte ich. So dumm können nur Männer fragen. Das Kind sah nicht hoch; es hatte die Frage gar nicht begriffen. Wir standen herum, etwas ratlos. „Warum bist du denn weggelaufen – nun erzähl das mal ganz richtig. Erzähl mal alles –“, fing die Prinzessin wieder an.

„Die Frau Adriani haut uns … sie hat uns heute kein Essen gegeben … ich will zu Mutti … ich will zu Mutti …!“ Karlchen dachte wie stets scharf und schnell. „Laß uns doch mal aufschreiben, wo die Mutter wohnt“, sagte er. „Sag“, fragte die Prinzessin, „wo wohnt denn deine Mutti?“ – Das Kind schluckste. „In Zürich.“ – „Na ja, aber wo da …?“ – „Hott … Hott … Sie kommt, sie kommt!“ schrie das Kind und riß sich los. Wir hielten es fest und sahen auf.

Im Hause hatte sich die Haupttür geöffnet, und aus ihr trat schnell und energisch eine rothaarige Frau. Sie kam rasch auf uns zu. „Was machen Sie da mit dem Kind?“ fragte sie, ohne Begrüßung.

Ich nahm den Hut ab. „Guten Tag!“ sagte ich höflich. Die Frau sah mich nicht einmal an. „Was haben Sie mit dem Kind! Was tut das Kind bei Ihnen?“ – „Es ist hier aus dem Haus gelaufen und hat geweint“, sagte Karlchen.

„Das Kind ist ein Ausreißer und ein Tunichtgut. Es ist heute schon einmal weggelaufen. Geben Sie das Kind her und kümmern Sie sich nicht um Sachen, die Sie nichts angehn!“ – „Langsam, langsam“, sagte ich. „Das Kind hat so furchtbar geweint; es behauptet, Sie hätten es geschlagen.“ Die Frau sah mir fest ins Gesicht, kampfbereit. „Ich? ich habe es nicht geschlagen. Hier werden keine Kinder geschlagen. Ich habe die elterliche Gewalt über das Kind, ich habe das schriftlich. Was fällt Ihnen denn ein? Bei mir herrscht Zucht und Ordnung … hetzen Sie mir hier nicht die Kinder auf! – Das ist *mein* Haus!“ schrie sie plötzlich laut und deutete auf das Gebäude. „Das mag sein“, sagte ich. „Aber hier stimmt doch etwas nicht – das Kind kommt in Todesangst da herausgelaufen und …“ Die Frau riß das Kind an der Hand und blitzte mich böse an; in ihren grünen Augen stand ein Flämmchen.

„Du kommst jetzt mit“, sagte sie zum Kind. „Sofort! Und Sie gehen! Los!“ – „Es wäre hübsch“, sagte Karlchen langsam,

„wenn Sie etwas höflicher mit uns sprechen wollten." – „Mit Ihnen spreche ich überhaupt nicht", sagte die Frau. Die Prinzessin hatte sich niedergebeugt, sie wischte dem Kind, das bleich geworden war, die Tränen ab. „Was tuscheln Sie da mit dem Kind?" schrie die Frau. „Sie haben gar nichts zu flüstern! Sie sind nicht für das Kind verantwortlich – ich bin es! Ich bin hier die Leiterin – ich bin das! Ich!" In den Augen das Flämmchen ... Hitze strahlte von der Person aus.
„Ich glaube, wir lassen die Dame –", sagte Karlchen. Die Frau riß abermals an dem Kind; sie riß wie an einer Sache; ich fühlte: sie meinte nicht das Mädchen, sie meinte ihre Herrschaft über das Mädchen. Das Kind war grün vor Angst, sie zog es hinter sich her; niemand sprach. Jetzt war sie am Haus. Ich machte eine halbe Bewegung, als wollte ich etwas aufhalten ... nun verschwanden die beiden durch die große Tür, die Tür schloß sich, ein Schlüssel knirschte. Aus.
Da standen wir. „Ganz hübsch ...", sagte Karlchen. Die Prinzessin steckte ihr Taschentuch fort. „Ihr seid alle beide kolossale Esel", sagte sie energisch. „Gut", sagte ich, „aber warum?" – „Kommt mit."
Wir gingen ein Stück in den Wald hinein. „Ihr ...", sagte die Prinzessin. „Krieg können wir hier nicht machen, das sehe ich ja ein. Aber wir wollen doch dem Kind helfen, nicht wahr? Na, und wie heißt die Mama?" – „Collin. Frau Collin", sagte ich sehr stolz. „Gut – und wie willst du helfen?" Ja, das war richtig. Wir wußten ja die Adresse nicht. Zürich ... Zürich ... was hatte das Kind da gesagt?
„Ich habe ihr leise gesagt", fuhr die Prinzessin fort, „wir kämen nach einer halben Stunde an das Haus – sie soll versuchen, uns auf einem Zettel die Adresse herauszuschmuggeln. Ich kann mi nich denken, daß den klappen wird – das ahme Kind is szu un szu verängstigt. Na ... wir könn sche ma sehn ... Nein, is das ein Drachen! Es is aber wedderböstig! Sie spuckt gliks Füer ut!"
„Eine famose Frau", sagte Karlchen. „Die möchte man heiraten. Also ich muß sagen ... ich muß ja schon sagen ..." – „Legen wir uns ein bißchen auf die Wiese", sagte die Prinzessin. Wir legten uns.
„Hast du das gesehen, Karlchen", sagte ich; „der Alten haben sich richtig die Haare gesträubt! Ich habe so etwas noch

nie gesehn ...“ – „Man kann den Hintern schminken, wie man will“, sagte Karlchen, „es wird kein ordentliches Gesicht daraus. Die Frau ...“ „Still!“ sagte die Prinzessin. Wir lauschten. Aus dem Haus, das ein Stück zurücklag, drang eine Stimme, eine hohe, keifende Stimme. Man konnte nicht verstehn, was da gesagt wurde – man konnte nur hören, daß jemand erregt schrie. Mir wurde heiß. Vielleicht schlug sie das Kind –

„Äh“, machte Karlchen. Die Wiese verschwand, wie durch einen Nebel noch die Altstimme der Prinzessin: „Wir gehn nachher gleich an das Haus – wir müssen das“ ... ein riesiges ovales Rund, oben, unter der steinernen Wölbung, ausgespannte rote Tücher; unten die Arena, dann eine hohe Steinmauer, darüber die ersten Reihen der Zuschauer, Ränge über Ränge, Tausende von Köpfen, bis sie sich oben verloren im braunen Licht. Unten, in der Mitte, hing einer an einem Kreuz; ein Panther sprang an ihm hoch und riß ein Stück Fleisch nach dem andern ... Der Mann schrie nicht, sein Kopf lag seitlich auf der linken Schulter, er war wohl schon bewußtlos. Staub und das Gedröhn der Masse ... Eine kleine vergitterte Tür öffnete sich: ein paar Kerle mit Lederschürzen stießen zitternde Menschen, vier Männer und eine Frau, vor sich her in das große Rund. Drei von ihnen waren mit Fetzen bekleidet; die Frau war halbnackt, und einen hatten sie geschminkt, er trug, was schrecklich anzusehen war, eine Maske und eine Krone aus Goldschaum: ein Schauspieler seines eigenen Todes. Das Gittertürchen schloß sich von innen. Die Kerle blieben dahinter stehen, Zuschauer ihres Berufs. An der Seite hatten noch ein paar Tiere im Sande gelegen, ein Tiger, ein Löwe. Als sie die Menschen sahen, die da hereingetrieben wurden, erhoben sie sich, faul und böse. Eins der vier Opfer trug eine Waffe – ein gekrümmtes Schwert. Der Panther am Kreuz hatte von dem da oben abgelassen; er lag und kaute an einem abgerissenen Arm. Das Blut troff.

Und da hatte der Löwe plötzlich zum Sprung angesetzt; nun war er wütend, denn heimtückisch hatte ihm jemand von geschütztem Platz oberhalb der Mauer ein brennendes Holzscheit auf den Kopf geworfen. Das Tier brüllte. Der Gladiator trat vor, mit einer Bewegung, die heldisch sein sollte und recht jämmerlich ausfiel. Eine Tuba gellte; ihr Klang war rot. Der Löwe sprang. Er sprang grade über den Gladiator hinweg, auf den Geschminkten. Er faßte ihn, die Maske zeigte denselben unveränderten idiotischen Ausdruck – dann schleifte er den Kreischenden die Arena entlang. Den Gladiator hatten zwei Tiger angefallen. Er wehrte sich kräftig, mit dem Mut der Verzweiflung; er schlug um sich, erst nach einem angelernten Plan, dann sinnlos und ohne Verstand. Eines der Tiere umschlich ihn, es ging auf leisen Pfoten zurück, dann waren beide über ihm. Wie ein Schlag ging es durch den Zirkus. „Rrrhach –!" machte die Menge – es war *ein* Stöhnen. Die Menschen waren von ihren Sitzen aufgesprungen, sie starrten verzückt nach unten, um nur ja keine Einzelheit zu verlieren, hierhin sahen sie und dorthin; wohin sie blickten: Blut, Verzweiflung, Ächzen und Gebrüll – Menschen litten da, lebendes Fleisch zuckte, sich im Sande zu Tode zappelnd, sie oben in Sicherheit – es war herrlich! Der ganze Zirkus badete in Grausamkeit und Entzücken. Nur die untersten Reihen saßen still und ein wenig hochmütig da, sie zeigten keinerlei Bewegung. Es waren die Senatoren und ihre Frauen, Vestalinnen, der Hof, höhere Heerführer und reiche Herren ... gelassen reichten sie einander Konfekt aus kleinen Dosen, und einer ordnete seine Toga. Schreie feuerten die Tiere an, sie noch wütender zu machen; Schreie gellten auf den feigen Kämpfer hinunter, der sich so gar nicht zu wehren gewußt hatte ... Ausdünstung und Geheul, das Tier Masse wälzte sich in einem Orgasmus von Lust. Es gebar Grausamkeit. Was hier vor sich ging, war ein einziger großer schamloser Zeugungsakt der Vernichtung. Es war die Wollust des Negativen – das süße Abgleiten in den Tod, der andern. Dafür Tag um Tag Sandalen geflochten, Pergamente beschrieben, Mörtel geschleppt, den Adligen Besuche gemacht und die langen Morgen im Atrium verwartet; Tücher gewebt und Leinen gewaschen, Terrakotten bepinselt und stinkende Fische verkauft ... um endlich, endlich diesen großen Festtag zu genießen: den im Amphitheater. Alles, aber auch alles, was der Tag an Geducktheit, an Unterdrükkung, an Wunschträumen und nicht auszuübender Wollust in diese Bürger und Proletarier hineingepreßt hatte: hier konnte es sich austoben. Es war wie Liebeserfüllung, nur noch ungestümer, noch heißer, noch zischender. Wie eine spitze Stichflamme stieg die Lust aus den viertausend Menschen – sie waren *ein* Leib, der sich ganz verausgabte, sie waren die Raubtiere, die die Menschen da unten zerfleischten, und sie waren die Zerfleischten. Die Grausamkeit schlug ihre Augen auf – sie hat schon so viele Namen gehabt, in jedem Jahrhundert einen anderen. Sie atmeten hastig, der wildeste Strom war aus ihnen heraus, nun ergoß sich der Rest in lauten, lärmenden Gesprächen, in Zurufen und in Zeichen, die sie sich über die Köpfe hinweg einander gaben, die Daumen nach unten gesenkt; tausend Stimmen, sprechende und rufende, ertönten, und nur hier und da stieg aus der Arena ein Schrei auf wie ein Signalpfiff des Schmerzes. Hier floß ab, was an verbrecherischer Lust in den Menschen war – nun würden sie so bald keinen mehr ermorden; die Tiere hatten es für sie getan. Nachher gingen sie in die Tempel, um zu beten. Nein: um zu bitten. Unten betraten die ersten Wärter den Sand und machten sich mit heißen Eisen an die Körper, die da lagen – waren sie auch wirklich tot? Hatten sie die Massen auch nicht um ein Quentchen Schmerz betrogen? In einer Ecke kämpfte einer um seine verzuckenden Minuten, die Tiere verschwanden fauchend und aufgeregt-satt durch die kleinen Gittertüren, der Sand wurde gefegt, und oben, in den höchsten Rängen, verbrodelte die letzte Lust, die das Leben am Leiden gefunden hatte. „Was hast du?“ fragte die Prinzessin. „Nichts“, sagte ich.

„Ihr meint, wir gehn nachher noch mal an das Haus?“ fragte Karlchen zweifelnd.

„Natürlich gehn wir“, sagte die Prinzessin. „Das Kind muß gieholfen werden – wir müssen helfen.“ Und da stieg in mir etwas auf, es war eine so dumpfe Wut, daß ich aufstehen und tief einatmen mußte – verwundert sahen mich die beiden an. Plötzlich spürte ich dieselbe Lust an der Zerstörung, am Leiden der andern; diese Frau leiden machen zu können … O Wonne des guten und gerechten Kreuzzuges, du Laxier der Unmoral! Mit einem kalten Wasserstrahl löschte ich das aus, während ich ausatmete. Ich kannte den Mechanismus dieser Lust: sie war doppelt gefährlich, weil sie ethisch unterbaut war; quälen, um ein gutes Werk zu tun … das ist ein sehr verbreitetes Ideal. „Gehn wir?“ Wir gingen.

Als wir das Haus wiedersahen, waren wir wie auf Kommando still. „Einer links, einer hinten herum“, sagte Karlchen. „Es muß aber einer bei der Prinzessin bleiben“, sagte ich. „Das Weib ist imstande und haut.“ – „Dann geht ihr da“, sagte er. „Ich will es von links versuchen.“ Wir schlichen näher.
Das Haus lag still, ganz still. Ob sie uns durch ein Fenster beobachtete? Wenn sie nun einen Hund hatte? Immerhin: es war ein fremdes Grundstück; wir hatten hier nichts zu suchen. Die Frau war im Haus. Welch eine preußische Überlegung! Ein Kind litt. Los.
Still war alles. Weit sah man von hier hinaus, am Haus vorbei, ins Land. Da lag der Mälarsee, da das Schloß Gripsholm, rot, mit den dicken Kuppeln, und der Mischwald, Tannen und Birken.
„Pst!“ machte die Prinzessin. Nichts. Karlchen war nicht zu sehen. Fragend sah ich sie an. Wir gingen langsam weiter und traten vorsichtig auf, als gingen wir auf Eis. War das ein Gesicht hinter einem Fenster – eine kreisrunde Scheibe …? Täuschung, es war ein Widerschein. Wir gingen nah am Haus vorbei. Die Prinzessin blickte überall umher. Plötzlich ging sie vorwärts – „Rasch!“ sagte sie – sie lief auf einen weißen Fleck zu, der unweit des Hauses im Grase war … da lag ein kleines Stück Papier. Hinten wandelte Karlchen langsam am Zaun vorbei. Die Prinzessin bückte sich, sah das Papier an, hob es auf und schritt rasch weiter.
Wir beeilten uns, bis wir aus der Umgatterung heraus waren. „Na?“ sagte Karlchen.
Die Prinzessin blieb stehen und las vom Papier:
„Collin Zürich Hottingerstrase 104.“
Die Rückseite eines Kalenderblatts, und eine kraklige Kinderhandschrift. ‚Strase‘ war mit einem s geschrieben. „Dat harrn wi hinner uns!“ sagte die Prinzessin. „Auf in den Kampf“ – pfiff Karlchen.
Zurück nach Gripsholm.

4

Wir liefen durcheinander wie die Indianer, wenn sie sich auf den Kriegspfad begeben. Alle drei redeten mit einem Mal. „Mal langsam –", sagte das kluge Karlchen. „Telegrafieren ... ihr seid ja verdreht. Wir schreiben jetzt erst mal an die Frau einen vernünftigen Brief. Und da muß drinstehn ..."
Was sich nun begab ... das möchte ich nicht noch einmal durchmachen. Es war eine Schlacht. Es wurde nicht *ein* Brief geschrieben – es wurden vierzehn Briefe geschrieben, immer einer nach dem andern, dann drei zu gleicher Zeit, und während ich auf meiner Maschine herumhackte, bis sie heiß wurde, schrieben die beiden andern emsig ihre Bogen voll. Es war wie eins dieser altmodischen Gesellschaftsspiele („Was tut er?– Was tut sie? – Wo lernten sie sich kennen?"), und jeder wollte zuerst seins vorlesen, und jeder fand seinen Schrieb am allerschönsten und am allerfeinsten und die der andern von oben bis unten unmöglich. „Unmöglich!" sagte die Prinzessin. „Dat is ja Kinnerkram is dat ja!" – Ich wollte etwas erwidern. „Du bischa so klug", sagte sie. „Du schast ock mit na Pudel sin Hochtid! Nu do me dat to Leev ..." und dann fing alles wieder von vorn an.
Schließlich blieben drei Entwürfe übrig – zur engern Wahl. Karlchen hatte einen juristischen Brief geschrieben, ich einen feinen und die Prinzessin einen klugen. Und den nahmen wir.
Darin war knapp und klar erzählt, was wir gesehen hatten, und daß wir uns nicht in die Collinschen Familienangelegenheiten einmischen wollten und daß sie nur ja nicht an die Frau schreiben sollte, das gäbe bestimmt ein Unglück, und sie brauchte sich nicht zu beunruhigen, wir würden inzwischen sehen, was sich machen ließe – aber sie möchte uns erlauben, einmal mit ihr zu telefonieren. „So", sagte die Prinzessin und klebte zu. „Das hätten wir. Gleich weg mit ihm. Auf die Post –!" Als der Brief in den Kasten plumpste, fiel uns je ein Stein vom Herzen.
„So ein Kind ...", sagte ich. „So ein kleiner Gegenstand –!" Und da lachten mich die beiden heftig aus.
„Gib mir mal 'n Zigarettchen!" sagte Karlchen, der gern andrer Leute Zigaretten rauchte und ihre Zahnpasten benutzte.

(„Freundschaft muß man ausnutzen", pflegte er zu sagen.) „Wißt ihr auch", sagte er in die abendliche Stille, während wir langsam durch die Straßen von Mariefred gingen und uns die Schaufenster ansahen, „daß ich morgen abend fahre?" Bumm – das hatten wir vergessen. Die acht Tage waren um – ja –

„Wollen Sie nich noch 'n büschen bei uns bleiben, Karling?" fragte die Prinzessin. „Gnädigste", sagte der lange Lümmel und streckte den Arm aus, „leider läuft mein Urlaub ab – ich muß. Ich muß. Herrschaften, das war aber eine anstrengende Konferenz!" Er blieb stehen. „Na, du bist doch Experte in Konferenzen ... du Beamter!" – „Ich schimpfe dich auch nicht Literat, du Buffke. Der alte Eugen Ernst sagte immer: Wenn einer nichts zu tun hat, dann holt er die andern, und dann machen sie eine Konferenz. Und zum Schluß, wenn alle geredet haben, dann konstatiert er. Und dann ist es aus. Und jetzt setz dich noch mal an deinen Schreibpflug und schreibe für Jakopp ein Kartentelegramm!" Das tat ich.

„Ich finde", sagte ich zu Karlchen, „es muß ein Einwort-Telegramm sein. Es wird sonst zu teuer. Da:

Drahtetsofortobhiesigenmälarsee-
zwecksbewässerungkäuflicherwerben-
wolltwassergarantiertechtallerdingsnur-
zuschwimmzweckengeeignetfasthoch-
achtungsvollfritzchenundkarlchenwasser-
oberkommissäre."

„Na, da wollen wir ihm den Abschiedstrunk rüsten, was?" sagte Lydia. Wir rüsteten. Wir krochen umher und plagten die gute Schloßdame, auf daß wir etwas zu trinken bekämen; wir kauften ein und fanden es alles nicht schön genug; wir stellten auf und packten aus, und ... „Was gibt es zu essen?" erkundigte sich Karlchen. „Was möchten Sie denn?" fragte die Prinzessin. „Ich möchte am liebsten Murmeltierschwanzsuppe." – „Wie bitte?" – „Kennt ihr das nicht? Die jungen Leute! Zu meiner Zeit ... Also Murmeltierschwanzsuppe wird im hohen Norden von den Eskimos gewonnen. Sie jagen das Murmeltier so lange, bis es vor Schreck den Schwanz verliert, und auf diese Weise –“ Worauf wir ihm zwei Kissen an den Kopf warfen, und dann gingen wir hinunter und aßen.

„Ich möchte eigentlich noch über Ulm fahren“, sagte Karlchen. „Da habe ich eine Braut zu stehn – die hätte ich gern überhört.“ – „Sie sollten sich was schämen!“ sagte die Prinzessin. „Ist sie hübsch?“ fragte ich. „Na, wie wird sie schon sein … deine Weiber …“ Er grinste, und: Deine vielleicht … konnte er ja jetzt nicht sagen. „Wie willst du über Ulm fahren?“ fragte ich. „Da kommst du doch gar nicht hin!“ – „Ich fahre auch nicht“, sagte Karlchen. „Ich möchte bloß mal …“ – „Er ist ein ausgesprochener Casanova“, sagte die Prinzessin. „Du, Alte –“, sagte ich, „manchmal läßt er seinen Worten auch Taten folgen, und dann geht es gar heiter zu.“ Karlchen lächelte, wie wenn von einem ganz andern wilden Mann gesprochen würde, und wir entkorkten mit einem weithin hörbaren Flupp den Whisky, worauf Karlchen zum ‚Herrn Fluppke‘ ernannt wurde, und dann saßen wir und tranken gar nicht viel. Wir redeten uns besoffen. Die vier Windlichter bewegten sich in dem schwachen Luftzug.

„Rauch nur deine Pfeife!“ sagte Karlchen. „Rauch nur! Er verträgt doch kein Nikotin, Prinzessin! Ist die Pfeife etwa neu?“ – „Das ist es ja eben“, sagte ich. „Ich muß sie anrauchen, Mensch, Pfeifen anrauchen …“ – „Kann man das nicht mit Maschinen?“ fragte die Prinzessin. „Ich habe mal so was gehört.“ – „Man kann es mit Maschinen“, sagte Karlchen. „Ich hatte einen Schulfreund, in der Oberprima, der hatte erfunden, Pfeifen mit der Luftpumpe anzurauchen. Ich weiß nicht mehr, wie er das gemacht hat – aber er machte es. Ich hatte ihm meine neue Pfeife gegeben, eine wundervolle neue Pfeife. Und da muß er wohl zu stark mit der Pumpe gearbeitet haben … und da hat sich die Pfeife selbst ausgeraucht, und es blieb überhaupt nichts weiter von ihr übrig als ein Häufchen Asche. Er hat mir eine neue kaufen müssen. Mir ist diese Pfeifengeschichte immer sehr symbolisch vorgekommen … Ja. Aber wofür symbolisch: das habe ich vergessen.“ Wir schwiegen, tief sinnend.

„Ein Esel“, sagte die Prinzessin. Wir wollten protestieren – aber sie meinte einen richtigen, der da hinter den Bäumen

hervorkam. Er wollte wohl auch einen Whisky haben. Wir standen gleich auf und streichelten ihn, aber der Esel wollte nicht gestreichelt werden; ein weiser Mann hat herausgefunden, das sei das Unglück der Esel, Esel zu heißen – denn nur deshalb würden sie so schlecht behandelt. Diesen behandelten wir gut und nannten ihn Joachim. Und wir spielten ihm Grammophon vor ... „Spiel mal büschen was aus Kaahmen –", sagte die Prinzessin. „Nein! Spiel das mit die kleinen Gnomens ...!" Da war ein Musikstück, das hatte so einen kleinen hüpfenden Marschrhythmus, und die Prinzessin behauptete, dazu müßte eine Pantomime vonstatten gehn, in der kleine Zwerglein mit Laternlein über die Bühne huschten. Ich drehte die Platte mit den Gnomen an, der Apparat lief, der Esel fraß Gras dazu, wir tranken Whisky, und: – „Mir auch noch einen Zahn voll!" sagte Karlchen. Und die Prinzessin aß zum Nachtisch Käse mit Sellerie, das hatte ihr ein großer Gourmet empfohlen. „Wie schmeckt es?" fragte Karlchen. „Es schmeckt –" die Prinzessin probierte langsam und sorgfältig – „es schmeckt wie schmutzige Wäsche." Mißbilligend schlug selbst Joachim mit dem Schweife.
Und dann sangen wir ihm alles vor, was wir wußten, und das war eine ganze Menge.

„King Salomon has threehundred wives
and that's the reason why
he always missed his morning train
kissing them all good-bye!"

– „Muh!" machte der Esel und wurde verwarnt, denn er war doch keine Kuh, Karlchen blies stille Weisen auf einem Kamm mit Seidenpapier und begehrte stürmisch, im Chantant zu gehen ... die Prinzessin lachte viel und manchmal würdelos laut, und ich war, wie jeder von uns, der einzig Nüchterne in diesem Hallo.
Bevor wir zu Bett gingen: „Lydia – er soll nicht wieder Postkarten schreiben! Immer schreibt er Karten." – „Was für ...?" fragte sie. „Wenn er abreist, dann kommen am nächsten Tag ganz wahnwitzige Postkarten an, die schreibt er im Zug – das ist so seine Art, Abschied zu nehmen. Er soll das nicht; es regt mich so auf!" – „Herr Karlchen, schwö-

ren Sie, daß Sie uns diesmal keine Karten schreiben werden?“ – Er gab sein kleines gießener Ehrenwort. Wir trollten in die Heija.
Und brachten ihn am nächsten Abend an den Bahnhof, zu dem kleinen Schnaufewagen, und die beiden gaben sich einen Abschiedskuß, der mir reichlich lang erschien. Und dann mußte er einsteigen, und wir standen am Wagen und gaben ihm durch das Fenster kluge Ratschläge auf den Weg, und er fletschte uns an, und als der Wagen anfuhr, sprach er freundlich: „Fritzchen, ich habe deine Zahnpasta mitgenommen!“ und ich warf vor Aufregung meinen Hut nach ihm, und er trudelte beinahe unter die Räder, und dann winkte er, und dann verschwand das Bähnlein um die Ecke, und dann sahen wir gar nichts mehr.
Und am nächsten Mittag trafen vier Postkarten ein: von jeder größern Station eine – bis nach Stockholm. Auf der letzten stand folgendes:

„Liebe Toni!

Laß dich auf keinen Fall auf die Polizei bestellen wegen der falschen Eintragung im Hotel – vom 15.! Bleibe eventuell fest und steif dabei, daß Du meine Tochter wärst.
Lieber Freund, ehe ich heute abend fortfuhr, habe ich Dich noch einmal von der Seite angesehn und muß sagen, daß ich aufrichtig erschrocken war. Ich glaube, Dir fallen die Haare aus. Lieber Freund! Das ist mehr als ein Anzeichen – das ist ein Symptom!
Sucht nicht vergeblich nach dem zweiten Kanarienvogel – ich habe ihn für meine lieben Kinderchen mitgenommen.
Wo ist der Esel?
Liebe Marie, sieh doch bitte sofort nach, wo mein Siegelring geblieben ist – er muß unter Deinem Kopfkissen liegen. Ich weiß es bestimmt.
Schade um meinen vertanenen Urlaub!
Ich bin immerdar

Euer liebes Karlchen.“

VIERTES KAPITEL

Wennt unse Paster man nich süht, mit unsen Herrgott will ick woll färdig werden, sä de Bur – dor makt he sin Heu an Sünndag.

1

„Wie ist denn das alles so plötzlich gekommen?“ fragte die Prinzessin, als ich aus der Kerze seitlich umfiel.
Wir turnten. Lydia turnte, ich turnte – und hinten unter den Bäumen kugelte sich Billie umher. Billie war kein Mann, sondern hieß Sybille und war eine Mädchenfrau. „Junge, ja ...“, sagte die Prinzessin und ließ sich hochatmend zu Boden fallen. „Wenn wir davon nicht klug und schön werden ...“ – „Und dünn“, sagte ich und setzte mich neben sie. „Wie findest du sie?“ fragte die Prinzessin und deutete mit dem Kopf nach den Bäumen hinüber.
„Gut“, sagte ich. „Das ist mal ein nettes Mädchen: lustig, verspielt; ernst, wenn sie will – komm an mein Herz!“ – „Wer?“ – „Sie.“ – „Daddy, mit dem Herzen ... diese Dame hat sich eben ierst von ihren Freund gietrennt, abers ganz akrat un edel und in alle Freundlichkeit.“ – „Wer war das doch gleich?“ – „Der Maler. Ein anständiger Junge – aber es ging nicht mehr. Frag sie nicht danach, sie mag nicht davon sprechen. Solche Suppen soll man allein auslöffeln.“ – „Wie lange kennt ihr euch eigentlich?“ – „Na, gut und gern zehn Jahre. Billie ... das ist eben mein Karl-

chen, weißt du? Ich mag sie. Und zwischen uns hat noch nie ein Mann gestanden – das kann ich mir überhaupt nicht vorstellen. Sieh mal, wie sie läuft! Se löpt, as wenn er de Büx brennt!“

Sybille kam herüber.

Es war schön, sie laufen zu sehen; sie hatte lange Beine, einen gestrafften Oberkörper, und ihr dunkelblaues Schwimmkostüm leuchtete auf dem rasigen Grün.

„Na, ihr Affen“, sagte Billie und ließ sich neben uns nieder. „Wie war's?“ – „Gedeihlich“, sagte die Prinzessin. „Der Dicke hat geturnt, gleich kommen ihm die Knie zum Hals heraus ... er ist sehr brav. Wie lange springst du jetzt Seilchen?“ – „Drei Minuten“, sagte ich und war furchtbar stolz. „Wie haben Sie geschlafen, Billie?“

„Ganz gut. Wir dachten doch erst, als uns die Frau das kleine Zimmer ausgeräumt hatte, es wäre zu heiß wegen der Sonne, die da den ganzen Tag drin ist ... Aber so heiß ist das hier gar nicht. Nein, ich habe ganz gut geschlafen.“ Wir sahen alle aufmerksam vor uns hin und wippten hin und her.

„Hübsch, daß du hergekommen bist“, sagte die Prinzessin und kitzelte Billie mit einem langen Halm am Nacken, ganz leise. „Wir hatten vor, hier wie die Einsiedler zu leben – aber dann war erst sein Freund Karlchen da, und jetzt du – aber es ist doch schön still und friedlich ... nein ... wirklich ...“ – „Sie sind sehr gütig, mein Frollein“, sagte Billie und lachte. Ich liebte sie wegen dieses Lachens; manchmal war es silbern, aber manchmal kam es aus einer Taubenkehle – dann gurrte sie, wenn sie lachte. „Was haben Sie da für einen hübschen Ring, Billie“, sagte ich. „Nichts ... das ist ein kleiner Vormittagsring ...“ – „Zeigen Sie mal ... ein Opal? Der bringt ... das wissen Sie doch ... Opale bringen Unglück!“ – „Mir nicht, Herr Peter, mir nicht. Soll ich vielleicht einen Diamanten tragen?“ – „Natürlich. Und mit dem müssen Sie dann im Schambah Zepareh Ihren Namen in den Spiegel kratzen. Das tun die großen Kokotten alle.“ – „Danke. Übrigens hat mir Walter erzählt: da ist er in Paris in einem cabinet particulier gewesen, und da hat auch eine etwas an den Spiegel gekratzt. Raten Sie, was da gestanden hat!“ – „Na?“ – „Vive l'anarchie! Ich fand das sehr schön.“

Wir freuten uns. „Gymnastizieren wir noch ein bißchen?“ fragte ich. „Nein, meine Herrschaften, was ich bün, ick hätt somit gienug“, sagte die Prinzessin und reckte sich. „Mein Pensum ist erledigt. Billie, deine Badehose geht auf!“ Sie knöpfte ihr das Trikot zu.
Billies Körper war braun, von Natur oder von der Sonne der See, woher sie grade kam. Sie hatte zu dieser getönten Haut rehbraune Augen und merkwürdigerweise blondes Haar – echtes blondes Haar – es paßte eigentlich gar nicht zu ihr. Billies Mama war eine ... eine was? Aus Pernambuco. Nein, so war das nicht. Die Mama war eine Deutsche, sie hatte lange mit ihrem deutschen Mann in Pernambuco gelebt, und da muß einmal irgend etwas gewesen sein ... Billie war, vorsichtig geschätzt, ein Halbblut, ein Viertelblut ... irgend so etwas war es. Eine fremde Süße ging von ihr aus; wenn sie so dasaß, die Beine angezogen, die Hände unter den Knien, dann war sie wie eine schöne Katze. Man konnte sie immerzu ansehn.
„Was war das gestern abend für ein Schnaps, den wir getrunken haben?“ fragte Billie langsam und verwandte kein Auge von dem, was in einer nur ihr erreichbaren Ferne vor sich ging. Die Frage war ganz in Ordnung – aber sie machte ein falsches Gesicht dazu, in leis verträumter Starre, und dann diese Erkundigung nach dem Schnaps ... Wir lachten. Sie wachte auf. „Na ...“, machte sie.
„Es war der Schnaps Labommelschnaps“, sagte ich sehr ernsthaft. „Nein wirklich ... was war das?“ – „Es war ein schwedischer Kornbranntwein. Wenn man so wie wir nur ein Glas trinkt, erfrischt er und ist angenehm.“ – „Ja, sehr angenehm ...“ Wir schwiegen wieder und ließen uns von der Sonne bescheinen. Der Wind atmete über uns her, fächelte die Haut und spülte durch die Poren, in denen das Blut sang. Ich war in der Minderheit, aber es war schön. Meist bildeten die beiden eine Einheit – nicht etwa gegen mich ... aber ein bißchen ohne mich. Bei aller Zuneigung: wenn ich dann neben ihnen ging, fühlte ich plötzlich jenes ganz alte Kindergefühl, das die kleinen Jungen manchmal haben: Frauen sind fremde, andre Wesen, die du nie verstehen wirst. Was haben sie da alles, wie sind sie unter ihren Röcken ... wie ist das mit ihnen! Meine Jugend fiel in eine Zeit, wo die Takelage

der Frau eine sehr komplizierte Sache war – zu denken, was sie da alles zu haken und zu knöpfeln hatten, wenn sie sich anzogen! Ein Ehebruch muß damals eine verwickelte Sache gewesen sein. Heute knöpfen die Männer weit mehr als die Damen; wenn die klug sind, können sie sich wie einen Reißverschluß aufmachen. Und manchmal, wenn ich Frauen miteinander sprechen höre, dann denke ich: sie wissen das ‚Das' voneinander; sie sind denselben Manipulationen und Schwankungen in ihrem Dasein unterworfen, sie bekommen Kinder auf dieselbe Weise ... Man sagt immer: Frauen hassen einander. Vielleicht, weil sie sich so gut kennen? Sie wissen zu viel, eine von der andern – nämlich das Wesentliche. Und das ist bei vielen gleich. Wir andern haben es da wohl schwieriger.
Da saßen sie in der Sonne und schwatzten, und ich fühlte mich wohl. Es war so etwas wie ein Eunuchenwohlsein dabei; wäre ich stolz gewesen, hätte ich auch sagen können: Pascha – aber das war es gar nicht. Ich fühlte mich nur so geborgen bei ihnen. Nun war Billie vier Tage bei uns, und in diesen vier Tagen hatten wir miteinander keine schiefe Minute gehabt ... es war alles so leicht und fröhlich.
„Wie war er?" hörte ich die Prinzessin fragen. „Er war ein Kavalier am Scheitel und an der Sohle", sagte Sybille, „dazwischen ..." Ich wußte nicht, von wem sie sprachen – ich hatte es überhört. „Ach wat, Jüppel-Jappel!" sagte die Prinzessin. „Wenn einen nichts taugt, denn solln sofordsten von ihm aff gehn. Was diese Frau is, diese Frau ischa soo dumm, daß sie solange – na ja. Seht mal! Pst! ganz stille sitzen – dann kommt er näher ... Und wie er mit dem Schwänzchen wippt!" Ein kleiner Vogel hüpfte heran, legte den Kopf schief und flog dann auf, von etwas erschreckt, das in seinem Gehirn vor sich gegangen war – wir hatten uns nicht geregt. „Was mag das für einer gewesen sein?" fragte Billie. „Das war ein Amselbulle", sagte die Prinzessin. „Ah – dumm – das war doch keine Amsel ...", sagte Billie. „Ich will euch was sagen", sprach ich gelehrt, „bei solchen Antworten kommt es gar nicht darauf an, obs auch stimmt. Nur stramm antworten! Jakopp hat mal erzählt, wenn sie mit ihren Korps einen Ausflug gemacht haben, dann war da immer einer, das war der Auskunftshirsch. Der mußte es alles wissen. Und

wenn er gefragt wurde: Was ist das für ein Gebäude? – dann sagte er a tempo: Das ist die Niedersächsische Kreis-Sparkasse! Er hatte keinen Schimmer, aber alle Welt war beruhigt: eine Lücke war ausgefüllt. So ist das." Die Mädchen lächelten höflich, ich war auf einmal allein mit meinem Spaß. Nur ein Sekündlein, dann war es vorbei. Sie standen auf. „Wir wollen noch laufen", sagte Billie. „Einmal rund um die Wiese! Eins, zwei, drei – los!" Wir liefen. Billie führte; sie lief regelmäßig, gut geschult, der Körper funktionierte wie eine kleine exakte Maschine ... es war eine Freude, mit ihr zu laufen. Hinter mir die Prinzessin japste zuweilen. „Ruhig laufen!" sagte ich vor mich hin, „du mußt durch die Nase atmen – mit dem ganzen Fuß auftreten – nicht zu sehr federn!" und dann liefen wir weiter. Mit einem langen Atemzug blieb Billie stehen; wir waren beinah einmal um die große Wiese herumgekommen. „Uffla!" – Wir waren ganz warm. „Ins Schloß unter die Brause!" Wir nahmen unsre Bademäntel und gingen langsam über die Wiese; ich trug meine Turnschuhe in der Hand, und das Gras kitzelte meine Füße. Das ist schön, mit den Mädchen zusammenzusein, ohne Spannung. Ohne Spannung?

2

„Was nehmen wir denn dem Kinde nun mit?"
„Bonbons", schlug Billie vor. „Nein", sagte ich, „das wird ihr die Alte verbieten – oder sie muß sie an die ganze Belegschaft austeilen." – „Wir gehn Knöpfchen kaufen", sagte die Prinzessin. „Ich werde schon was finden. Kommt – ach was, Hut! Aber Billie!" Wir gingen.
Frau Collin hatte geschrieben. Sie wäre uns sehr dankbar, und wir möchten zu der Frau Adriani hingehn und mit ihr sprechen, und dann sollten wir sie anrufen. Die Auslagen würde sie gern ...
„Nicht huddan! Ladi!" rief die Prinzessin. Billie sah sie entgeistert an, und ich mußte ihr erklären, daß das ‚rechts' und ‚links' bedeute – so trieb man in manchen plattdeutschen Ecken die Esel an. Gott weiß, woher diese alten Rufe stammen mochten.

Ja, das Kind, der ‚kleine Gegenstand …‘ Ich dachte mit Kraft daran, daß es geplagt und geschlagen würde, denn hier stand nun etwas bevor … Als Junge hatte ich immer an Portal-Angst gelitten, an jener rasenden Furcht, in ein fremdes, in ein ganz fremdes Haus hineinzugehn – geduckt ging ich dann schließlich und fiel natürlich auf die moralische Nase. Tiere wittern Furcht. Menschen wittern Furcht. Seitdem ich aber gelernt habe, daß sie alle sterben müssen, geht es schon besser. Zwanzig Jahre hat das gedauert. Der Plattdeutsche drückt die Sache kürzer und unpathetischer aus: „Wat is he denn? Sin Mors hat man ook bloß twee Hälften!“ Ja, das ist wahr.
Und nun sollte ich da als fremder Mensch zu einer bösen, fremden Frau gehen – ich spielte einen Augenblick alle Phasen: Hänsel bei der Knusperhexe, dann: ich geniere mich doch aber so … und dann war es vorbei. Es ging viel schneller vor sich, als man es schreiben kann. Vorbei. „Man muß“, hat ein kluger Inder gesagt, „den Tiger vor der Jagd in Gedanken töten – der Rest ist dann nur noch eine Formalität.“ Die Frau Adriani …? Ich dachte an meinen Feldwebel, an das geprügelte, weinende Kind … in Ordnung.
„Sei still!“ rief die Prinzessin in ein Fenster hinein, in dem ein Papagei in seinem Käfig krächzte, „sei still! Sonst wirst du ausgestopft!“ Das Tier mußte wohl deutsch verstehen – denn nun schwieg es. Billie lachte. „Ihr wolltet doch noch englische Sauce kaufen“, sagte sie in einer jener Ideenverbindungen, derer nur Frauen fähig sind. „Tun wir auch – komm, wir gehen in die Fruktaffär, die haben alles.“ Die Schweden schreiben manche Fremdwörter phonetisch, das macht viel Spaß. Wir kauften also englische Sauce, die Prinzessin beroch mißtrauisch die verstöpselte Flasche und machte mit Händen und Füßen dem Verkäufer das Leben schwer; Billie warf ein Glas mit Senfgurken herunter, die solches aber gut überstanden, sie kamen mit dem Schreck davon und schäumten nur noch eine Weile in ihrem Essig … „Sieh mal, so viel Salz!“ sagte ich. Die Prinzessin sah das Faß an: „Als Kind habe ich immer gedacht: wenn in ein Salzmagazin ein Tropfen Wasser fällt, dann verzehrt er das ganze Lager.“ Darüber mußte ich scharf nachdenken und vergaß beinah, hinter den beiden herzugehn, sie standen

schon auf der Straße und knabberten Rosinen. „Und dem Kind nehmen wir eine Puppe mit“, sagte die Prinzessin. „Kommt mal rüber! Ach, bleib da – ich werde schon … nein, Billie kommt mit!“ Einen winzigen Augenblick tat mir das leid; ich hätte gern mit Billie allein auf der Straße gestanden. Was hätten wir uns dann erzählt? Nichts, natürlich.

„Habt ihr?“ – „Wir haben“, rief Billie. „Zeigt mal“, bat ich. „Doch nicht hier auf der Straße!“ sagte sie. „Meinst, die Puppe wird sich verkühlen?“ sagte die Prinzessin und wikkelte an dem Paket herum. Ich guckte hinein. Da lag ein Schwedenmädchen, in der Landestracht von Dalarne, bunt und lustig. Sie wurde wieder zugedeckt. „Einpacken ist seliger denn nehmen“, sagte die Prinzessin und band die Schnur zu. „Ja, dann wollen wir mal … Ob sie schießt, die liebe Dame?“ – „Laß mich nur …!“ – „Nein, Daddy, ich laß dich gar nicht. Du greifst erst zu, wenn sie frech wird und alles drunter und drüber geht. Sag du die Einleitung, und daß wir den Brief bekommen haben und alles, und dann werde ich mal mit ihr.“ – „Und ich?“ fragte Billie. „Du legst dich derweil in den Wald, Billie; wir können unmöglich zu der Frau wie ein rächender Heerhaufen geströmt kommen. Dann ist gleich alles verloren. Es ist schon dumm – hier gehts lang – schon dumm, daß wir zwei sind. Zwei gegen einen – da knurrt der ja schon von vornherein …“ – „Na, mehr als die kann man nicht gut knurren. Ist das ein Deubel!“ Ich hatte Billies Arm genommen. „Arbeiten Sie hier eigentlich?“ fragte Billie. „Ich werde meiner Arbeit etwas blasen!“ sagte ich. „Nein – hier legen wir eine schöpferische Pause ein … Billie, Sie sind ein netter Mann“, sagte ich ganz unvermittelt. „Na, junges Volk“, sagte die Prinzessin und machte ein Gesicht wie eine wohlmeinende Tante, die eine Verlobung in die Wege leitet, „das ist hübsch, wenn ihr euch gern habt!“ Ich hörte die Untertöne: in diesem Augenblick fühlte ich, daß es echte Freundinnen waren – hier war keine Spur von Eifersucht; wir hatten uns übers Kreuz wirklich gern, alle drei.

Jetzt kam mir der Weg bekannt vor, da war das Gatter, und da lag das Kinderheim.

Billie war langsam weitergegangen, wir kamen an die Tür.

Keine Klingel. Hier sollte wohl nicht geklingelt werden. Wir klopften.
Nach langer Zeit näherten sich Schritte, ein Mädchen öffnete. „Kan Ni tala tyska?“ fragte ich. „Guten Tag ... ja, ja ... was wollen Sie denn?“ sagte sie lächelnd. Sie freute sich offenbar, mit uns deutsch sprechen zu können. „Wir möchten zu der Frau Adriani“, sagte ich. „Ja ... ich weiß nicht, ob sie Zeit hat. Frau Adriani hält gerade Appell ab, das heißt also ... sie sieht den Kindern die Sachen nach. Ich werde ... einen Augenblick mal ...“
Wir standen in einer grau gekalkten Halle, die Fenster waren durch Holzleisten in kleine Vierecke abgeteilt; wie Gitter, dachte ich. An der Wand ein paar schwedische Königsbilder. Jemand kam die Treppe herunter. Die Frau.
„Guten Tag“, sagten wir. „Guten Tag“, sagte sie, ruhig. „Wir kommen im Auftrag der Frau Collin in Zürich und möchten gern einmal mit Ihnen wegen der Kleinen sprechen.“ – „Haben Sie ... einen Brief?“ fragte sie lauernd. „Jawohl.“ – „Bitte.“
Sie ging voran und ließ uns in ein großes Zimmer, eine Art Saal, hier aßen wohl die Mädchen. Lange Tische und viele, viele Stühle. In einer Ecke ein kleinerer Tisch, an den setzten wir uns. Wir nannten unsere Namen. Sie sah uns fragend und kalt an.
„Da hat uns die Frau Collin geschrieben, wir möchten nach ihrem Kind sehn – sie könnte diesen Sommer leider nicht nach Schweden kommen, hätte es aber gern, wenn sich von Zeit zu Zeit jemand um das Kind kümmerte.“ – „Um das Kind kümmere ich mich“, sagte Frau Adriani. „Sie sind mit Frau Collin ... bekannt?“ – „Nun wäre es vielleicht vorteilhaft, wenn wir die Kleine sprechen könnten; da sind auch Grüße von der Mama zu bestellen und ein Auftrag auszurichten.“ – „Was für ein Auftrag?“ – „Ich werde ihn der Kleinen selber ausrichten – selbstverständlich in Ihrer Gegenwart. Dürfen wir sie sprechen?“ – Frau Adriani stand auf, rief etwas auf schwedisch zur Tür hinaus und kam zurück.
„Ich finde Ihr Verhalten mehr als merkwürdig, das muß ich schon sagen. Neulich konspirieren Sie mit dem Kind, mischen sich in meine Erziehungsmethoden ... Was ist das? Wer sind Sie eigentlich?“ – „Unsre Namen haben wir Ihnen

gesagt. Übrigens ...“ – „Frau Adriani“, sagte die Prinzessin, „niemand will Sie hier kontrollieren oder sich in Ihre Arbeit einmischen. Sie haben sicherlich viel Mühe mit den Kindern – das ist ja klar. Aber wir möchten doch die Mama in jeder Weise informieren ...“ – „Das besorge ich schon“, sagte Frau Adriani. „Gewiß. Wir möchten ihr bestellen, daß wir die Kleine wohl und munter angetroffen haben ... und wie es ihr geht, und ... da kommt sie ja.“
Das Kind näherte sich schüchtern dem Tisch, an dem wir saßen; es ging unsicher und trippelnd und kam nicht ganz nah heran. Wir sahen es an; das Kind sah uns an ...
„Na, Ada“, sagte die Prinzessin, „wie geht es dir denn?“ – Die Stimme der Adriani: „Sag mal Guten Tag!“, und das Kind zuckte zusammen und stotterte etwas von guten Tag. „Wie gehts dir denn?“ – Die Frau Adriani ließ kein Auge von dem Kind. Das kleine Mädchen sprach wie hinter einer Mauer. „Danke ... gut ...“
„Ich soll dir auch einen schönen Gruß von deiner Mama bestellen“, sagte die Prinzessin. „Sie läßt dich grüßen – und dann fragt sie hier in diesem Brief“ – die Prinzessin kramte in ihrem Täschchen –, „ob das Grab von Willi auch gut in Ordnung ist. Das war wohl dein kleiner Bruder?“ – Das Kind wollte ja sagen – aber es kam nicht dazu. „Das Grab ist in Ordnung“, sagte Frau Adriani, „dafür sorge ich schon. Wir gehen alle paar Wochen auf den Friedhof, das ist Pflicht, natürlich. Und das Grab wird dort gut gepflegt, ich überwache das, ich trage die Verantwortung.“ – „So, so ...“, sagte die Prinzessin. „Und hier habe ich dir auch etwas mitgebracht, eine Puppe! Da! Spielst du denn auch schön mit den andern Mädchen?“ Das Kind sah angstvoll hoch und nahm die Puppe; seine Augen verdunkelten sich, es schluckte, schluckte noch einmal, ließ dann plötzlich den Kopf sinken und fing an zu weinen. Es war so jämmerlich. Das Weinen warf alles um. Frau Adriani sprang auf und nahm das Kind bei der Hand.
„Du kommst jetzt heraus und gehst nach oben ... das ist nichts für dich! Den Gruß hast du ja nun gehört, und ...“ – „Einen Augenblick“, sagte ich. „Ada, wenn du einmal etwas Wichtiges an deine Mutti zu bestellen hast: wir wohnen im Schloß Gripsholm!“ – „Hier wird gar nichts Wichtiges be-

stellt“, sagte die Frau Adriani recht laut und ging mit der Kleinen schnell zur Tür. „Was hier – da geh doch schon! – was hier zu bestellen ist, das wird durch mich bestellt – und du merk dir das ...“ Sie sprach draußen weiter, wir hörten sie schelten, konnten aber nichts mehr verstehn. „Soll ich ...“ – „Keinen Krach“, sagte die Prinzessin. „Das hat nur das Kind auszubaden. Wir werden mit Zürich telefonieren und dann weiter sehn!“ Wir standen auf.

Frau Adriani kam zurück, sehr rot im Gesicht.

„Nun will ich Ihnen mal was sagen“, rief sie. „Wenn Sie sich unterstehn, sich hier noch einmal blicken zu lassen, dann werde ich die Polizei benachrichtigen! Sie haben hier gar nichts zu suchen – verstehn Sie mich! Das ist unerhört! Auf der Stelle verlassen Sie mein Haus. Sie betreten mir nicht mehr meine Schwelle! Und probieren Sie es ja nicht noch einmal, hier herumzuspionieren – ich werde ... Ich muß mir doch einen Hund anschaffen“, sagte sie wie zu sich selber. „Ich werde der Frau Collin schreiben, wen sie sich da ausgesucht hat – wo ist überhaupt der Brief?“

Ich winkte der Prinzessin mit den Augen ab, niemand antwortete, wir gingen langsam auf die Haustür zu. Ich fühlte, wie die Frau eine Winzigkeit unsicher wurde. „Wo ... wo der Brief ist?“ – Wir sprachen nicht, wir verabschiedeten uns nicht, das hatte sie ja schon besorgt, wir gingen stumm hinaus. Drohen? Wer droht, ist schwach. Wir hatten noch nicht mit Zürich telefoniert.

Als die Frau sah, daß wir schon an der Haustür standen, verfiel sie in hemmungsloses Gebrüll; man hörte eilige Schritte auf dem Steinfußboden unten im Keller, also liefen dort die Hausmädchen zusammen und horchten. „Ich verbitte ... ich verbitte mir ein für allemal Ihre Besuche! Scheren Sie sich raus! Und kommen Sie ja nicht wieder! Wer sind Sie überhaupt ... zwei verschiedene Namen! – Heiraten Sie lieber!“ schrie sie ganz laut. Und dann waren wir draußen. Die Tür schloß sich mit einem Knall. Bumm. Da standen wir.

„Hm –“, machte ich. „Das war ein großer Sieg.“

„Na, Daddy, da ist nichts zu machen. Das ist ja eine Megäre – was haben wir nun?“ – „Jetzt haben wir ein bleiches Nein erhalten, wie wir Schweden sagen. Also werden wir telefonieren.“ – „Sowie wir nach Hause kommen. Aber wenn du das

der Frau Collin nicht richtig sagst, was hier los ist … wie der kleine Gegenstand ausgesehen hat! So vermiekert … und verprügelt! Sie schümpt un schümpt ümmerlos … De is aber steelhaarig! Gotts Blix, die müßt man ja in Öl kochen –!“ Das fand ich zu teuer.
Wir gingen auf das Wäldchen zu, in dem Billie sein mußte. Und schimpften furchtbar auf die Frau Adriani. Und suchten Billie. „Billie! Billie!“ Kein nichts und kein gar nichts. „Ob dieses rothaarige Luder glücklich ist?“ – „Daddy, du stellst manchmal komische Fragen! Ob sie glücklich ist …! Das Kind ist unglücklich! Donnerhagel – was machen wir denn da? Wir müssen dem Kind helfen! Das kann man ja nicht mit ansehn! Und nicht mit anfühlen! Herrgott von Bentheim! Billie!“
Wir stolperten beinah über sie.
Sie lag hinter einer kleinen moosigen Erhöhung, in einer Erdfalte; auf dem Bauch lag sie, die langen Beine nach oben gestreckt, sie las und schlug von Zeit zu Zeit ihre Füße zusammen. „Ja? Na, was habt ihr … was war?“ Wir erzählten, beide zu gleicher Zeit, und nun war aus Frau Adriani bereits ein feuerspeiender Berg geworden, eine ganze Hölle von kleinen und großen Teufeln, die Vorsteherin einer Affentanz-Schule und ein Scheusal schlechthin. Nun, die Frau war ja wirklich eine starke Nummer.
Ich sah auf die beiden, während sie sich besprachen. Wie verschieden sie doch waren! Die Prinzessin Feuer und Flamme; das Kinderleid hatte sie aufgebracht, ihr Herz sprühte. Billie bedauerte das Kind, aber es war, wie wenn ein Fremder in der Untergrundbahn „Verzeihung!“ sagte … sie bedauerte es artig und wohlerzogen und ganz unbeteiligt. Vielleicht, weil sie das alles nicht so miterlebt hatte. Die Gleichgültigkeit so vieler Menschen beruht auf ihrem Mangel an Phantasie.
„Wir wollen noch ein wenig spazieras“, sagte die Prinzessin. – „Wohin?“ – „Kommt ihr mit …? Ich möchte mir mal das Grab ansehen. So ein Scheusal …“ Das Gewitter gegen die Rothaarige vergrollte langsam. Wir gingen und machten einen weiten Umweg um das Kinderheim. „Gleich, wenn wir nach Hause kommen – aber gleich“, sagte die Prinzessin, „melden wir Zürich an. Wir müssen un müssen dem Kind da

rauskriegen! Die Frau Adriani entbehrt nicht einer gewissen Charmanz!"

Billie pfiff leise vor sich hin. Ich starrte in eine dunkle Baumgruppe und las aus den Blättern ab: ich hatte Billie haben wollen, ich fühlte, daß ich sie nicht bekommen würde, und jetzt hatte ich einen sittlichen Grund, sie niedriger zu stellen als Lydia. Billie hatte kein Herz. Hast du ihr Herz geliebt, du Lügner! Sie hat so lange Beine ... Ja, aber sie hat kein Herz.

Wir gingen langsam durch den Wald, die beiden unterhielten sich – nun ruddelten sie. ‚Ruddeln', das ist so ein Wort für klatschen, über jemand herziehen. Man konnte gar nicht folgen, so schnell ging es. Hopphopphopp ... schade, daß man nicht dabeisein kann, wenn die andern über uns sprechen – man bekäme dann einigermaßen die richtige Meinung über sich. Denn niemand glaubt, daß es möglich sei, so unfeierlich, so schnell, so gleichgültig-nichtachtend Etiketten auf Menschenflaschen zu kleben, wie es doch überall geschieht. Auf die andern vielleicht – aber auf uns selber?

Billie: „... hat er ihr versprochen, und wie es soweit war, nichts." – „Ihre Dummheit", sagte Lydia. „Bei Empfang: die Ware – das Geld, wie mein Papa immer sagt. Vertrauen! Vertrauen! Es gibt doch nur eine Sicherheit: Fußangeln. Wie?" Merkwürdig, woher sie das hatte. So schlechte Erfahrungen hatte sie doch gar nicht hinter sich ...

Billie ging wie eine Tanzende: Es federte alles an ihr. Sie trug eigentümliche Kleiderstoffe – ich wußte nicht, wie das hieß; es war buntes und grob gewebtes Zeug, heute zum Beispiel sah sie aus wie eine Indianerin, die sich aus ihrem Hochzeitszelt einen Rock geschneidert hatte ... und so viele Armbänder! Gleich, dachte ich, wird sie die Arme in die Luft werfen, die schöne Wilde, und mit einem Liebesruf in den Wald stürzen, zu den andern ... Schade, daß sie kein Herz hat.

„Seht ihr, da hinten liegt der Friedhof! Doch, wir schaffen das noch bis zum Abendbrot – also!" Wir gingen rascher. Ein leichter Wind hatte sich erhoben, dann wurden die Windstöße stärker, ein hauchzarter Regen fiel. Manchmal trug der Wind etwas wie Meeresatem herüber, von der See,

von der Ostsee.
Nun waren wir angelangt, da war eine kleine Holztür, und über die niedrige Steinmauer ragten alte Bäume.
Es war ein alter Friedhof; man sah das an den verwitterten, ein wenig zerfallenen Gräbern auf der einen Seite. Auf der andern standen die Gräber hübsch ordentlich in Reih und Glied ... gut gepflegt. Es war ganz still; wir waren die einzigen, die die Toten heute nachmittag besuchten – die wen besuchten? Man besucht ja nur sich selber, wenn man zu den Toten geht.
„Welche Reihe ...? Warte mal, das hat sie hier im Brief aufgeschrieben. Achtzehnte ... nein, vierzehnte ... eins, zwei ... vier, fünf ..." Wir suchten. „Hier", sagte Billie.
Da war das Grab. So ein kleines Grab.

WILHELM COLLIN
GEBOREN ... GESTORBEN ...

und ein paar windverwehte Blumen. Wir standen. Niemand sprach. Ob das nun der Auftritt von vorhin war oder die Tatsache, daß es so ein winzig kleines Grab war, dieser Gegensatz zwischen der Inschrift Wilhelm Collin und dem Hügelchen – das war doch in Wahrheit noch gar kein Wilhelm gewesen, sondern ein wehrloses Bündelchen Fleisch, das man hätte beschützen sollen ... Eine Träne fing ich nicht mehr, sie rollte. „Heul nicht", sagte die Prinzessin, die zwinkerte, „heul nicht! Die Sache ist viel zu ernst zum Weinen!"
Ich schämte mich vor Billie, die uns mitleidsvoll ansah. Ihre Augen blickten warm. Sie sagte leise etwas zur Prinzessin, und als nun beide zu mir herübersahen, fühlte ich, daß es etwas Freundliches gewesen sein mußte. Ich vergaß, daß ich Billie begehrt hatte, und flüchtete zu der Prinzessin.
In Gripsholm meldeten wir Zürich an.

3

„Da liegt sozusagen die Sittlichkeit mit der Moral im Streite", sagte die Prinzessin, und wir lachten noch, als wir uns an den großen Tisch in unserm Zimmer setzten. Die

Schloßfrau hatte Billie auseinandergesetzt, es wäre gar nicht wahr, daß „alle Schweden immer nackt badeten“, wie man so oft sagen hörte. Gewiß, manchmal, in den Klippen, wenn sie unter sich wären … aber im übrigen wären es Leute wie alle andern auch, wenig wild nach irgendeiner Richtung, es sei denn, daß sie gern Geld ausgäben, wenn einer zusähe.
Draußen fiel der Regen in perlenden Schnüren.
„Das ist aber ein fröhlicher Regen“, sagte Billie. Das war er auch. Er rauschte kräftig, oben am Himmel zogen schwarzbraune Wolken rasch dahin, vielleicht waren nur wir es, die so fröhlich waren, trotz alledem. Das war schön, hier in der trockenen Stube zu sitzen und zu sprechen. Was hatte Billie für ein Parfüm?
„Billie, was haben Sie für ein Parfüm?“ Die Prinzessin schnupperte. „Sie hat sich etwas zusammengegossen“, sagte sie. Billie wurde ein Spur rot – schien mir das nur so? „Ja, ich habe gepanscht. Ich mache mir da immer so etwas zurecht …“, aber sie sagte die Namen nicht.
„Billie, hilf mir mal – kannst du das? Guck mal!“ Die Prinzessin löste seit gestern an einem schweren Silbenrätsel herum. „Ich habe hier: Hochland in Asien … doch, das habe ich. Aber hier: Orientalischer Männername … Wendriner? Nein, das kann ja wohl nicht stimmen – Katzenellenbogen …? Auch nicht … Fritzchen! Sag du!“ – „Wie heißt er denn nun eigentlich?“ fragte Billie entrüstet. „Mal sagst du Peter zu ihm und mal Daddy und jetzt wieder Fritzchen …!“ – „Er heißt Ku-ert …“, sagte die Prinzessin. „Ku-ert … Dascha gah kein Nomen – wenn hei noch Fänenand oder Ullerich heiten deer, as Bürgermeister sinen!“ Verachtung auf der ganzen Linie. Aber nun war Billies Bildungsdrang gereizt; die beiden Köpfe beugten sich über das Zeitungsblatt. Ich saß faul daneben und sah zu. Und da, so vor den beiden … Kikeriki – machte es in mir ganz leise, Kikeriki … Sie tuschelten und kuderten vor Lachen. Ich zog an der neuen Pfeife, die nun schon ein wenig angeraucht war, und saß mit einer Miene da, die gutmütige Männerüberlegenheit andeuten sollte. Eben hatte Billie etwas gesagt, was man bei einigermaßen ausschweifender Phantasie auch sehr zweideutig nehmen konnte, die Prinzessin sandte mir blitzschnell einen Blick herüber: Es war wie Einverständnis zwischen zwei Ver-

schworenen. Nachtverschworene ... Am Tage wurde fast nie von der Nacht gesprochen – aber die Nacht war im Tag, und der Tag war in der Nacht. „Liebst du mich noch?" steht in den alten Geschichten. Erst dann – erst dann!
Sie warfen das Rätsel hin. „Wir wollen es nach dem Abendbrot noch einmal versuchen", sagte Billie. „Schlaft ihr hier eigentlich gut ein? Ich muß mich sonst immer in Schlaf lesen – aber hier geht es so schnell ..." – „Du mußt es machen wie die Baronin Firks", sagte die Prinzessin. „Die Baronin Firks war natürlich aus Kurland, und die Kurländer, das sind die Apotheker Europas –: sie haben alle einen leichten Klaps. Und wenn die alte Dame nachts nicht einschlafen konnte, dann setzte sie sich auf ein Schaukelpferd und schaukelte so lange, bis ... Ja? Was ist?" Es hatte geklopft. Ein Kopf in der Tür. „Das Telefon? Zürich!" Wir liefen alle drei.
Kleiner Kampf am Apparat. „Laß mich ... kannst da nich mal weggehn ... Harre Gott ... Laß mich doch mal!" Ich. „Hallo!" Nichts. Wie immer bei Ferngesprächen: erst nichts. Man hörte es in der Membrane leise surren. Diese Geräusche sind je nach den Ländern, in die man telefoniert, verschieden; aus Frankreich zum Beispiel läuft ein silberhelles Gewässer durch die Drähte, und man bekommt solche Sehnsucht nach Paris ... Hier surrte es. Sie hatten wohl wegen der politischen Konferenzen neue Kupferdrähte nach der Schweiz ... „Mariefred? Bitte melden Sie sich!" – Und dann deutlich, aber leise eine klagende Stimme. Frau Collin.
„Hier ist Frau Collin. Sie haben mir geschrieben? Wie geht es denn Ada?" – „Ich will sie nicht beunruhigen – aber sie muß da heraus." – „Ja, warum denn? Um Gottes –" – „Nein, mit der Gesundheit ist das Kind in Ordnung. Aber ich schreibe Ihnen heute abend noch einmal ausführlich – diese Frau Adriani ist eine unmögliche Erzieherin. Das Kind macht einen so verängstigten Eindruck, es ..." Und ich packte aus. Ich schmetterte es alles aus mir heraus, die ganze Wut und das ganze Mitleid und die Rankünе wegen der Niederlage heute nachmittag und meinen Abscheu vor solchen Herrschweibern ... alles packte ich aus. Und die Prinzessin wackelte wild hetzend mit der Faust. Frau Collin blieb einen Augenblick still. „Hallo?" – „Ja, was machen wir denn

da ...?“ Die Prinzessin stieß mich und zischelte etwas. Ich wehrte mit dem Kopf ab: Laß!
„Ich schlage Ihnen vor, daß Sie uns einen Brief schreiben, mit dem wir das Kind abholen können. Schicken Sie uns bitte einen Scheck über das, was Sie dort mutmaßlich schuldig sind ... wenns mehr ist, will ich das gern auslegen. Und schreiben Sie es nicht der Frau: sonst wird sie das Kind nicht gleich entlassen, sondern sie wird es noch quälen – schreiben Sie also uns. Ihre Schrift kennt die Frau Adriani ja. Also einverstanden?“
Pause der Unentschlossenheit. Ich gab eine Berliner Referenz. „Ja, wenn Sie meinen ... Ach ... aber wo soll ich denn dann mit dem Kind hin?“ – „Ich habe in der Schweiz zu tun – ich bringe Ada zu Ihnen, und wir werden schon anderswo etwas für sie finden; aber da muß sie heraus. Wirklich – das geht nicht. Einverstanden?“
Die Stimme klagte, klang aber ein wenig fester. „Es ist so nett, wie Sie mir helfen. Sie kennen mich doch gar nicht!“ – „Ich habe das da gesehen, wissen Sie ... das geht nicht. Also gemacht?“ – „Jawohl. Wir wollen das so machen.“ Und noch einiges verbindliche Hin und Her. Knack. Abgehängt. Aus. Die beiden tanzten einen wilden Tanz ums ganze Zimmer. Ich behielt den Hörer noch einen Augenblick in der Hand. „Gott sei Dank ...“, sagte ich. – „Ob sie es nun auch tut?“ fragte die Prinzessin, noch ein wenig atemlos. „Was hat sie gesagt?“ fragte Billie. Nun war sie schon etwas mehr bei der Sache – gar nicht mehr so höflich-teilnehmend wie heute nachmittag. Feldzugskamerad Billie ... Ich berichtete. Und dann tanzten wir alle drei.
„Dascha wunnerbor!“ sagte Lydia. „Wann kann ihr Brief hier sein? Heute ist Dienstag. Mittwoch ... Donnerstag ... In drei Tagen, wie?“ Wir schrien alle durcheinander und waren so vergnügt. In mir war so etwas wie: Wohltun schmeckt süß, Rache trägt Zinsen, und liebe deinen Nächsten wie der Hammer den Amboß. „Darf ich die jungen Damen auf die Weide treiben?“ Wir gingen zum Essen.
„Billie!“ sagte ich, „wenn das der alte Geheimrat Goethe sähe! Wasser in den Wein! Wo haben Sie denn diese abscheuliche Angewohnheit her? sagte er zu Grillparzer, als der das tat. Oder hat er es zu einem andern gesagt? Aber ge-

sagt hat er es." – „Ich vertrage nichts", sagte Billie, und ihre Stimme klang, wie wenn ein silberner Ring in einen Becher fällt ... – „Verträgt Margot vielleicht mehr?" fragte die Prinzessin. „Margit ...", sagte Billie und lachte. „Ich habe sie mal gefragt, was sie wohl täte, wenn sie beschwipst wäre. Sie war es nämlich noch nie. Sie hat gesagt: Wenn ich betrunken bin, das stelle ich mir so vor – ich liege unter dem Tisch, habe den Hut schief auf und sage immerzu Miau!" Das wurde mit einem sanften Rotwein begossen; Billie schluckte tapfer, die Prinzessin sah mich an, schmeckte und sprach: „Ich mache mir ja nichts aus Rotwein. Aber wenn das der selige Herr Bordeaux wüßte ...", und dann sprachen wir wieder von Zürich und von dem kleinen Gegenstand, und Billie wurde munter, wohl weil sie uns Rotwein trinken sah. Die Prinzessin blickte sie wohlgefällig von der Seite an.

Ich gähnte verstohlen. „Na, schickst all een to Bett?" fragte die Prinzessin. „Ich schreibe noch den Brief an die Frau. Löst ihr nur euer Rätsel!" Sie lösten. Ich schrieb.

Was die Schreibmaschine heute nur hatte! Manchmal hat sie ihre Nücken und Tücken, das Luder; dann verheddern sich die Hebel, nichts klappt, das Farbband bleibt haken, gleich schlage ich mit der Faust ... „Hö-he-he!" rief die Prinzessin herüber. Sie kannte das, und ich schrieb beschämt und ruhiger weiter. So, das war fertig. Vielleicht ist der Brief zu schwer ... Haben wir hier keine Briefschaukel? „Ich bringe ihn noch auf die Post!"

Es regnete. Schön ist das, durch so einen frischen Regen zu gehn ... Wie heißt der alte Spruch? Es gibt kein schlechtes Wetter, es gibt nur gute Kleider. Nun, es gibt schon schlechtes Wetter; es gibt mißratenes Wetter, es gibt leeres Wetter, und manchmal ist überhaupt kein Wetter. Der Regen befeuchtete mir die Lippen; ich schmeckte ihn und atmete tief: es ist doch hier weiter gar nichts, Ferien, Schweden, die Prinzessin und Billie – aber dies ist einer jener Augenblicke, an die du dich später einmal erinnern wirst: ja, damals, damals warst du glücklich. Und ich war es und dankbar dazu.

Zurück.

„Na, habt ihr gelöst?" – Nein, sie lösten noch und waren grade in eine erbitterte Streiterei geraten. ‚Vater der Kirchengeschichte' ... sie mußten da irgendeinen Unsinn gemacht

haben, denn für dieses eine Wort hatten sie noch acht Silben übrig, darunter: e-di-son, und obgleich der ja nun viel in seinem Leben getan und seine ganze Zeit umgestaltet hat: Kirchengeschichte hat er doch wohl nicht ... „Löst das nachher!" sagte ich. „Wann nachher?" fragte Billie. „Da schlafen wir." – „Billie schläft überhaupt heute bei mir", sagte die Prinzessin. „Du kannst nebenan in der Kemenate schlafen!" – „Hurra!" riefen die beiden. „Macht es Ihnen etwas?" fragte mich Billie. „Aber ...!" Und sie lief davon und holte ihre Sachen, jene Kleinigkeiten, die jede Frau braucht, um glücklich zu sein. „Du gefällst mir, mein Sohn", sagte die Prinzessin. „Ich kenne sie. Ist sie nicht wirklich nett?" und die Prinzessin begann umzuräumen und Billies Zimmer nachzusehn, und es gab eine furchtbare Aufregung. „Wohin soll ich die Blumen stellen?" – „Stell sie auf den Toilettentisch!"
Es war kein alter Bordeaux – aber es war ein schwerer Bordeaux. Das Zimmer lag im abgeblendeten Schein der Lampen, es war so warm und heimlich, und wir kuschelten uns.
„Schon?" fragte ich. Die Damen wollten schlafen gehn. „Aber wenn ihr im Bett seid", sagte ich, „dann laßt die Tür noch offen – damit ich höre, was ihr euch erzählt!" Ich ging und zog mich aus. Dann klopfte ich. „Willst du ...!" sagte die Stimme der Prinzessin. „Wird hier ehrsame Damens bei der Toilette stören! Mädchenschänder! Wüstling! Blaubart! Ein albernes Geschlecht –!" Wo aber war mein Eau de Cologne? Mein Eau de Cologne war da drin – so ging das nicht! Man ist doch ein feiner Mann. Ich klopfte wieder. Geraschel. „Ja?" Ich trat ein.
Sie lagen im Bett. Billie in meinem: sie hatte einen knallbunten Pyjama an, auf dem hundert Blumen blühten, jetzt sah sie aus, wie die wilde Lieblingsfrau eines Maharadschas ... sie lächelte ruhig in ihr Rätselblatt. Sie war beinah schön. „Was willst du?" fragte die Prinzessin. „Mein Eau ..." – „Haben wir all ausgebraucht!" sagte sie. „Nu wein man nicht – ich kauf dir morgen neues!" Ich brummte. „Habt ihr denn fertig gelöst?" – „Wenn wir dich brauchen, rufen wir dich ... Gute Nacht darfst du auch sagen!" Ich ging an sie heran und sagte artig zu jeder gute Nacht, mit zwei tiefen Verbeugungen. „Billie, was haben Sie für ein schönes Parfüm!" Sie sagte nichts; ich wußte, was es war. Das Parfüm ‚arbeitete'

auf ihrer Haut – es war nicht das Parfüm allein, es war sie. Und sie hatte für sich das richtige ausgewählt. Die Prinzessin bekam einen Kuß, einen ganz leise bedauernden Kuß. Dann ging ich. Die Tür blieb offen.

„Halbedelstein –", hörte ich Billie sagen. „Halbedelstein ... Laß mal: Saphir ... nein. Rubin ... nein. Opal ... auch nicht. Lydia!" – „Topas!" rief ich aus meinem Zimmer. „Ja, – Topas! Du bist ein kluges Kind!" sagte die Prinzessin. „Nun – nein, so geht das nicht – laß doch mal –" Jetzt rauften sie, die Betten rauschten, Papier knatterte ... „Hiii –!" rief Billie in einem ganz hohen Ton. Etwas zerriß. „Du dumme Person!" sagte die Prinzessin. „Komm – jetzt schreiben wir das noch mal auf dies Papier ... da stimmt doch was nicht! Wir haben eben falsch ausgestrichen ..." – „Der Doktor Pergament kann Silbenrätsel ohne Bleistift lösen!" rief ich. Sie hörten gar nicht zu. Sie waren wohl sehr eifrig bei der Arbeit. Pause.

Die Prinzessin: „Hauch ... Hast du so was gesehn? Was ist Hauch?" – „Atem!" sagten Billie und ich gleichzeitig. Es war wie ein Einverständnis. Wieder raschelten sie. „Das ist ja ganz falsch! Der Inbegriff alles sinnlich Wahrnehmbaren – sinnlich Wahrnehmbaren ..." Jetzt waren sie offenbar am Ende ihres Lateins, denn nun wurde es ganz still – man hörte gar nichts mehr. „Ich weiß nicht ...", sagte die Prinzessin. „Das ist bestimmt ein Druckfehler!" – „Druckfehler bei Silbenrätseln gibt es nicht!" rief ich. „Du halt deinen Schnabel, du alte Unke!" – „Laß doch mal ..." – „Gib mal her ..." – „Weißt du Rats?" Beide: „Wir wissen nichts." – „Es muß ein Erwachsener kommen", sagte ich. „Da laßt mich mal ran." Und ich stand auf und ging hinein.

Ich nahm einen Stuhl und setzte mich zur Prinzessin. Einen Augenblick lang hatte der Stuhl in meiner Hand geschwankt: er wollte zu Billie, der Stuhl. „Also – gebt mal her!" Ich las, warf das Papier herunter, hob es wieder auf und probierte mit dem Bleistift auf einem neuen Blatt. Die beiden sahen spöttisch zu. „Na?" – „So schnell geht das nicht!" – „Er weiß ja auch nicht!" sagte Billie. „Wir wollen erst mal alle in den Rotwein steigen!" sagte ich. Das geschah.

„Sehr hübsch", sagte die Prinzessin. „Rotweinflecke haben Hausfrauen gern, besonders auf Bettwäsche. Du altes Ferkel!“ Das galt mir. „Die gehn doch raus“, maulte ich. „Salzflecke werden gereinigt, indem man Rotwein darüber gießt“, lehrte die Prinzessin. Und dann lagen sie wieder bäuchlings an ihrem Blatt und lösten. Und es ging nicht vorwärts. Billie hatte die Haare aus der Stirn gestrichen und sah wie ein Baby aus. Wie ein Babybild von Billie. Wie rund ihr Gesicht war, wie rund. „Ge … Geweihe –!“ schrie Billie. „Geweihe! Für Jagdtrophäen! Siehst du, das haben wir vorhin nicht gewußt! Aber wohin gehört chrys-chrys …“ – „Ich auch!“ Nun lag ich halb auf dem Bett, bei der Prinzessin, und starrte angestrengt auf die Bleistiftschreiberei. „Chrysopras!“ sagte ich plötzlich. „Chrysopras! Gebt mal her!“ Die beiden schwiegen bewundernd, und ich genoß meine lexikalische Bildung. Wir horchten. Ein Windstoß fuhr gegen die Scheiben, draußen trommelte der Nachtregen.

„Kalt ist es …“, sagte ich. „Komm zu mir!“ sagte die Prinzessin. „Du erlaubst doch, Billie?“ Billie erlaubte. Ganz still lag ich neben der Prinzessin.

„Gestalt aus Shakespeares *‚Sturm‘* …“ Allmählich rann die Wärme Lydias zu mir herüber. Mir lief etwas leise den Rükken hinunter. Billie rauchte und sah an die Decke. Ich legte meine Hand hinüber – sie nahm sie und streichelte sie sanft. Ihr Ring blitzte matt. Noch lagen wir beieinander wie junge Tiere – wohlig im Zusammensein und froh, daß wir beisammen waren: ich in der Mitte, wie geborgen. Billie fing an, in der Kehle zu knurren. „Was knurrst du da?“ sagte Lydia. „Ich knurre“, sagte Billie. Gestalt aus Shakespeares *‚Sturm‘* … War es das Wort? Das Wort Sturm? Wenn Bienen andre Bienen zornig summen hören, werden sie selber zornig. War es das Wort Sturm? Oben in den Schulterblättern begann es, ich dehnte mich ein ganz klein wenig, und die Prinzessin sah mich an. „Was hast du?“ Niemand sagte etwas. Billie knackte mit meinen Nägeln. Wir hatten das Blatt sinken lassen. Es war ganz still.

„Gib mal Billie einen Kuß!“ sagte die Prinzessin halblaut. Mein Zwerchfell hob sich – ist das der Sitz der Seele? Ich richtete mich auf und küßte Billie. Erst ließ sie mich nur gewähren, dann war es, wie wenn sie aus mir tränke. Lange, lange … Dann küßte ich die Prinzessin. Das war eine Heimkehr aus fremden Ländern.

Sturm.
Als Zephir begann es – wir waren „außer uns“, denn jeder war beim andern. Es war ein Spiel, kindliche Neugier, die Freude an einer fremden Brust … Ich war doppelt, und ich verglich; drei Augenpaare sahen. Sie entfalteten den Fächer: Frau. Und Billie war eine andre Billie. Ich sah es mit Staunen.
Ihre Züge, diese immer ein wenig fremdartigen Züge, lösten sich; die Augen waren feucht, ihre Gespanntheit wich; und sie dehnte sich … der Pyjama erblühte bunt. Nichts war verabredet, alles war wie gewohnt – als müßte es so sein. Und da verloren wir uns.
Es war, wie wenn jemand lange mit seinem Bobsleigh am Start gestanden hatte, und nun wurde er losgelassen – da sauste der Schlitten zu Tal! Wir gaben uns jenem, der die Menschen niederdrückt und aufhebt, zum tiefsten und höchsten Punkt zugleich … ich wußte nichts mehr. Lust steigerte sich an Lust, dann wurde der Traum klarer, und ich versank in ihnen, sie in mir – wir flüchteten aus der Einsamkeit der Welt zueinander. Ein Gran Böses war dabei, ein Löffelchen Ironie, nichts Schmachtendes, sehr viel Wille, sehr viel Erfahrung und sehr viel Unschuld. Wir flüsterten; wir sprachen erst übereinander, dann über das, was wir taten, dann nichts mehr. Und keinen Augenblick ließ die Kraft nach, die uns zueinander trieb; keinen Augenblick gab es einen Sprung, es hielt an, eine starke Süße erfüllte uns ganz, nun waren wir bewußt geworden, ganz und gar bewußt. Vieles habe ich von dieser Stunde vergessen – aber eins weiß ich noch heute: wir liebten uns am meisten mit den Augen.
„Mach das Licht aus!“ sagte Lydia. Das Licht erlosch, erst die große Krone im Zimmer, dann das Lämpchen auf dem Nachttisch.
Wir lagen ganz still. Am Fenster war ein schwacher Schein, Billies Herz klopfte, sie atmete stark, die Prinzessin neben mir rührte sich nicht. Aus den Haaren der Frauen stieg ein Duft auf und mischte sich mit etwas Schwachem, was die Blumen sein mochten oder das Parfüm. Sanft löste sich Billies Hand aus der meinen.
„Geh“, sagte die Prinzessin, fast unhörbar.
Da stand ich nebenan im Zimmer Billies und sah vor mich

hin. Kikeriki – machte es ganz leise in mir, aber das war gleich vorbei, und ein starkes Gefühl der Zärtlichkeit wehte zu denen da hinüber. Ich legte mich nieder.
Sprachen sie? Ich konnte es nicht hören. Ich stand wieder auf und kroch unter die Dusche. Eine süße Müdigkeit befiel mich – und ein fast zwanghafter Trieb, hinzugehen und ihnen Rosen auf die Decke ... wo bekommt man denn jetzt nachts Rosen her ... das ist ja – Jemand war an der Tür.
„Du kannst gute Nacht sagen!" sagte die Prinzessin. Ich ging hinein.
Billie sah mich lächelnd an; das Lächeln war sauber. Die Prinzessin lag neben ihr, so still. Zu jeder ging ich, und jede küßte ich leise auf den Mund. „Gute Nacht ..." und „Gute Nacht ..." Kräftig rauschten draußen die Bäume. Eine Sekunde lang stand ich noch am Bett.
„Wie ist denn das alles so plötzlich gekommen?" sagte die Prinzessin leise.

FÜNFTES KAPITEL

Das war ein Wurf! sagte
Hans – da warf er seine Frau
zum Dachfenster hinaus.

1

Einer von den Tagen, wie sie sonst nur im Spätsommer vorkommen: bunt, gesättigt und windstill. Wir lagen am Seeufer.

Ein paar Meter vor uns schaukelte ein Boot, unser Badeboot – das Wasser gluckste leise gegen das Holz, auf und ab, auf und ab ... Wenn man die Hand ins Wasser hielt, gab das ein winziges Kältegefühl, dann zog man sie wieder heraus, und dann trockneten die Tropfen in der Luft. Ich rauchte einen Grashalm, die Prinzessin hielt die Augen geschlossen.

„Heute ist vorgestern", sagte sie. Das war so ihre Art der Zeitrechnung, da wir übermorgen fahren wollten, so war heute vorgestern.

„Wo mag sie jetzt sein?" fragte ich. Die Prinzessin sah auf die Uhr: „Jetzt ist sie zwischen Malmö und Trälleborg", sagte sie; „in einer Stunde steigt sie auf die Fähre." Dann schwiegen wir wieder. Billie – dachte ich – Billie ...

Sie war abgefahren: leise, heiter, froh – und es war nichts gewesen, es war nichts gewesen. Ich war glücklich; es hatte keinen Schatten gegeben. Gott sei Dank nein. Ich sah zur Prin-

zessin hinüber. Sie mußte den Blick gespürt haben; sie öffnete die Augen.
„Wo bleibt die Frau Collin? Watt seggst to det Ei? Hett de Katt leggt!"
Die Frau Collin hatte nicht geschrieben – und wir wollten doch fort. Wir mußten fort; unser Urlaub war abgelaufen. Noch einmal telefonieren? Schließlich und endlich ...
„Diese dämliche Person", schimpfte ich vor mich hin. „Man muß doch das Gör da herauskriegen! Himmelherrgottdonner ..." – „Daddy, du repräsentierst ein Volk!" sagte die Prinzessin würdevoll, als ob uns die schwedischen Bäume hören konnten. „Du sollst des Anstands gedenk sein!" Ich sagte ein zweisilbiges Wort. Woraufhin mich die Prinzessin mit etwas Mälarsee anspritzte. Und da wollte ich sie in den See werfen. Und da lag ich drin.
Ich pustete sie mit Wasser voll wie ein Elefant, sie warf mir Hölzchen an den Kopf ... dann legte sich das alles. Ich kroch heran, und wieder saßen wir friedlich zusammen.
„Was machen wir aber wirklich?" fragte ich triefend. „Warten? Wir können nun nicht mehr warten! Du mußt am Dienstag zu Hause sein, und auf mich lauern sie auch. Mal muß der Mensch doch wieder arbeiten! Hier vertue ich meine kostbare Zeit mit dir ..." Sie hob drohend den Arm. Ich rückte ein Stückchen weg. „Ich meine nur. Aber wollen wir telefonieren? Ja?"
„Nun wollen wir erstmal zu Ende baden", sagte die Prinzessin. „Wenn wir nachher nach Gripsholm kommen, werde ich dir das alles sagen. Holla – hopp!" Und wir schwammen.
„Paß auf –", pustete ich dazwischen, „sie wird es nicht tun, die Frau Collin. Wahrscheinlich hat sie sich das überlegt – ich hatte so den Eindruck, daß sie den kleinen Gegenstand gar nicht bei sich haben will – vielleicht führt sie ein uhrenhaftes Leben ..." Die Prinzessin kniff mich ins Bein. „Oder sie traut uns nicht und denkt, wir werden das Kind entführen. Aber der Frau Adriani hat sie getraut. Na, du wirst es sehen! Diese Weiber! Aber das sage ich dir, Alte: wenn sie heute nicht schreibt! Nie wieder in meinem Leben kümmere ich mich um fremde Kinder. Um fremde nicht! um deine auch nicht! um meine auch nicht! Himmelkreuzund ..." – „Daddy", sagte die Prinzessin. „Solange as ich dir kenn,

hältst du ümme weise Redens über das, wasse tun wirst, und mehrstenteils kommt nachher allens ganz anners. Aber dascha so bei die Männers. Bischa mallrig!" – „Ich werde ..." – „Ja, du wirst. Wenn sie dir das Futurum wegnehmen, dann bleibt da aber nicht viel." – „Person!" – „Selber!" Huburr – der ganze See fing an zu schaukeln, weil wir eine wilde Seeschlacht veranstalteten. Dann schwammen wir ans Ufer.
Auf dem Wege zum Schloß:
„Mein Alter hat gar nicht geschrieben ... sie werden ihn doch nicht in Abbazia an ein öffentliches Haus verkauft haben?" – „Na, ob da Bedarf für ist ..." – „Daddy, wo ist eigentlich der Dackel?" – „Dein Kofferdackel?" – „Ja." – „Der steht doch ... der steht unter meinem Bett. Nachts bellt er." Wir gingen ins Haus.
Die Prinzessin pfiff wie ein Lockvogel. Was gabs?
Der Brief war da – ein dicker Brief. Sie riß ihn auf, und ich nahm ihn ihr fort, dann flatterten die Bogen auf den Boden, wir sammelten sie auf und brachen in ein fröhliches Geschrei aus. Da war alles, alles, was wir brauchten.
„Das ist fein. Na – aber nun! Wie nun?"
„Das beste is", sagte die Prinzessin, „wir gehn gliks mal eins hin un holen uns dem Kinde her von diese alte Giftnudel. Auf was wolln wi nu noch warten?"
„Jetzt essen wir erst mal Mittag, und dann gleich nach Tisch ... Krach ist gut für die Verdauung."
Wir saßen grade bei den Preiselbeeren, diesem mild brennenden Kompott, da hörten wir draußen vor der Tür ein Getöse, das Ungewöhnliches anzeigte. Wir ließen die Löffel sinken und horchten. Nun –?
Die Schloßfrau kam herein; sie sah aus wie ein Extrablatt.
„Da ist ein Kind draußen", sagte sie und sah uns ganz leicht mißtrauisch an, „ein kleines Mädchen – sie weiß nicht, wie Sie heißen, aber sie sagt, sie will zu dem Mann und der Frau, die ihr eine Puppe gegeben hat, und sie weinte die ganze Zeit und sie bin so rot im Gesicht ... Kennen Sie das Kind?"
Wir standen gleich auf. „O ja – das Kind kennen wir schon." Hinaus.
Da stand der kleine Gegenstand.
Sie sah recht zerrupft aus, verweint, die Haare hingen ihr ins Gesicht, vielleicht war sie schnell gelaufen. Das Kind war

nicht recht bei sich. Als es Lydia sah, lief es rasch auf sie zu und versteckte sein Gesicht an ihrem Kleid. „Was hast du denn? Was ist denn?“ Die Prinzessin beugte sich nieder und verwandelte sich aus dem Sportmädchen von heute morgen in eine Mama; nein, sie war beides. Die Schloßfrau stand dabei, ein Schwamm der Neugierde – sie saugte es alles auf. Also?

Das rote Weib hatte das Kind geprügelt und geknufft und so laut geschrien; das Kind war fortgelaufen. Es war wohl nicht mehr auszuhalten gewesen. Und nun zitterte das Kind und zitterte und sah nach der Tür. Kam sie –? Frau Adriani würde sie holen. Frau Adriani würde sie holen. Es war nur bruchstückweise aus ihr herauszubekommen, was es gegeben hatte. Schließlich wußten wir alles.

Wir standen herum. „Ich gebe sie nicht mehr heraus“, sagte ich. „Nein ... natürlich nicht“, sagte die Prinzessin. Die Schloßfrau: „Senden Sie nicht das Kind zurück?“ Der kleine Gegenstand begann laut zu weinen. „Ich will nicht zurück. Ich will zu meiner Mutti!“ – „Noch einen schwarzen Kaffee“, sagte ich zur Prinzessin, „und dann gehts los.“ Wir nahmen das Kind mit hinein und bauten vor ihm Keks auf. Es nahm keine Keks. Wir tranken still; wenn es wild zugeht, soll man immer erst einmal bis hundert zählen oder einen Kaffee trinken.

„So, Lydia – jetzt wisch mal dem Kind das Geheul ab und beruhige es ein bißchen, und ich werde mit dem süßen Schatz telefonieren! Würden Sie mich bitte mit dem Kinderheim verbinden?“ Die Schloßfrau stellte viele Fragen, ich beantwortete sie sehr kursorisch, sie sagte etwas Schwedisches in das Telefon; und dann saß ich da und wartete.

Jemand meldete sich, auf schwedisch. Ich sprach aufs Geratewohl deutsch. „Kann ich Frau Adriani sprechen?“ Lange Pause. Dann eine harte, gelbe Stimme. „Hier Frau Direktor Adriani!“ Ich meldete mich. Und da brach es drüben los.

„Das Kind ist wohl bei Ihnen? Ja?“ – „Ja.“ – „Sie geben es sofort ... Sie schicken mir sofort das Kind! Ich werde es abholen lassen – nein: Sie schicken es mir sofort ... Sie bringen mir auf der Stelle das Kind zurück! Ich zeige Sie an! Wegen Kindesentführung! Das haben Sie dem Kind in den Kopf gesetzt! Sie! Was? Wenn das Kind nicht in einer hal-

ben Stunde ... nicht in einer halben Stunde bei mir ... Haben Sie mich verstanden?“ In mir schnappte das Regulativ ein, das die Feder zurückhält. Ich hatte mich fest an der Leine. „Wir sind in einer halben Stunde bei Ihnen!“
Ein Knack – es wurde abgehängt.
„Lydia“, sagte ich. „Was nun? Ich werde mit der Alten schon reden – diesmal ist sie dran. Aber die Sachen von dem Kind ... Es hilft nichts: wir müssen das Kind mitnehmen, sonst bekommen wir nicht alles!“ – „Hm.“ – „Und wenn wir es hier in Gripsholm lassen, dann ist die Alte imstande und nimmt es von hier fort, und das ganze Theater fängt von vorn an. Erklär das mal dem kleinen Gegenstand!“ Das dauerte zehn Minuten; ich hörte die Kleine nebenan weinen und immer wieder weinen, dann wurde sie ruhiger, und als nun auch die Schloßfrau auf sie einsprach, wurde sie still. „Nehmen Sie mich auch gewiß ... nehmen Sie mich auch ganz gewiß wieder mit?“ fragte sie immer wieder. Wir redeten ihr gut zu. „Sie weinete. Er tröstete den Trost aus voller Brust –“, sagte die Prinzessin leise. Und dann gingen wir.
Wir sprachen, damit das Kind uns nicht verstände, französisch. „Du springst ihr doch hoffentlich gleich mit dem Brief und mit dem Scheck ins Gesicht?“ – „Lydia“, sagte ich. „Lassen wir sie ein kleines Weilchen toben. Ein Hälmchen ... Ich möchte noch mal sehn, wie das ist. Nur ein Weilchen!“ Die Prinzessin fiel murrend aus dem Französischen in ihr geliebtes Plattdeutsch. „Ick schall mi von Schap beeten laten, wenn ick ’n Hund in de Tasch hebb?“ Und nun wandten wir uns wieder zu der Kleinen, die unruhiger wurde mit jedem Schritt, der uns dem Kinderheim näher brachte: „Darf ich auch wieder heraus? Aber sie läßt mich ja nicht – sie läßt mich ja nicht!“ – „Wir müssen doch deine Sachen holen, und du brauchst keine Angst zu haben ...“ Als wir das Kinderheim sahen, sagten wir gar nichts mehr. Ich legte der Kleinen leise meinen Arm um die Schultern. „Komm – das geht gut aus!“ Sie ließ sich ein bißchen ziehen, aber sie ging still mit. Wir brauchten nicht zu klopfen – die Tür war offen.
Frau Adriani stand unten in der Halle, sie war über eine Truhe gebeugt und wandte uns den Rücken zu. Als sie unsre Schritte hörte, drehte sie sich blitzschnell um. „Ah – da

sind Sie ja! Na, das ist Ihr Glück! Sind Sie meinem Mädchen nicht begegnet? Nein? Na, es ist schon jemand unterwegs, falls Sie nicht gekommen wären … Wo bist du hingelaufen, du Teufelsbraten!" schrie sie das Kind an: „Wir sprechen uns nachher! Nachher sprechen wir uns! Los jetzt!" Das Kind verkroch sich hinter die Prinzessin. „Einen Augenblick", sagte ich. „So schnell geht das nicht. Warum ist das Kind von Ihnen fortgelaufen?" – „Das geht Sie gar nichts an!" schrie Frau Adriani. „Gar nichts geht Sie das an! – Komm her, mein Kind!" Sie ging auf das Kind zu, das ängstlich zusammenzuckte. Sie legte der Kleinen die Hand auf den Kopf. „Was sind denn das für Dummheiten! Wozu läufst du denn vor mir fort? Hast du Angst vor mir? Du mußt vor mir keine Angst haben! Ich will doch dein Bestes! Da läufst du nun zu fremden Leuten … stehen dir denn diese fremden Menschen näher als ich? Ich habe dir doch erzählt: die sind nicht mal richtig verheiratet …" Sie sprach so falsch-eindringlich in das Kind hinein, aber ihre Stimme wußte sich gehört; sie sprach gewissermaßen im Profil. „Läufst hier fort …!" Das Kind schauerte zusammen.
„Kann ich Sie wohl mal sprechen?" sagte ich sanft. – „Was … wir haben uns nichts zu sagen!" – „Vielleicht doch." Wir gingen alle in den Eß-Saal.
„Also das Kind ist zu Ihnen gelaufen! Das ist ja reizend! Ihr Glück, daß Sie es auf meine Weisung sofort wiedergebracht haben! Sie wird nicht mehr weglaufen – das kann ich Ihnen versprechen. So ein Geschöpf! Na warte …" – „Das Kind muß doch einen Grund gehabt haben, wegzulaufen!" sagte ich. „Nein. Das hat es gar nicht gehabt. Es hat keinen Grund gehabt." – „Hm. Und was werden Sie nun mit ihm machen?" – „Ich werde es bestrafen", sagte Frau Adriani satt und hungrig zugleich. Sie reckte sich in ihrem Stuhl. „Erlauben Sie mir bitte eine Frage: Wie werden Sie es bestrafen?" – „Ich brauche Ihnen darauf keine Antwort zu geben – ich muß das nicht. Aber ich sage es Ihnen, denn es ist im Sinne von Frau Collin, im Sinne von Frau Collin, daß das Kind streng gehalten wird. Sie wird also Zimmerarrest bekommen, die kleinen Hausstrafen, Arbeiten, es darf nicht mit den andern spazierengehn – so wird das hier gemacht." – „Und wenn wir Sie bitten, dem Kind die Strafe zu erlassen … täten

Sie das?“ – „Nein. Dazu könnte ich mich nicht entschließen. Da könnten Sie bitten … Das wollten Sie mir sagen?“ fügte sie höhnisch hinzu. „Nun … behandeln Sie denn alle Kinder so? Man muß manchmal streng sein, gewiß, aber die Kinder so zur Verzweiflung treiben …“ – „Wer treibt hier die Kinder zur Verzweiflung? Erziehen Sie Ihre Kinder, verstehen Sie! Wenn Sie mit der Dame da welche haben! Dieses hier erziehe ich!“ – „Ga hen und fleut die Hühner und verget den Hahn nich!“ murmelte die Prinzessin. „Was sagten Sie?“ fragte Frau Adriani. – „Nichts.“ – „Ich habe meine Grundsätze. Solange ich die Macht über das Kind habe …“
Ich sah ihr fest in die Augen … einen Augenblick lang noch ließ ich sie zappeln in ihrer wahnwitzigen und ungeduldigen Wut. Immer liefen ihre flinken Augen von uns zu dem Kind und wieder zurück, sie wartete auf das Kind. Ich überlegte, wieviel Menschen auf der Welt in der Gewalt solcher da sein mochten, und wie das nun wäre, wenn wir ihr das Kind wirklich überlassen müßten, und was die andern Kinder hier auszustehn hätten … „Also – jetzt werde ich das Nötige in die Wege leiten …“ Frau Adriani stand auf. Da packte ich zu.
„Das Kind wird nicht bei Ihnen bleiben“, sagte ich.
„Waaas –?“ brüllte sie und stemmte die Arme in die Seite.
„Wir nehmen das Kind zu seiner Mutter zurück. Hier ist ein Brief von Frau Collin, hier ist ein Scheck … wir werden gleich bezahlen …“
Über das Gesicht der Frau lief wie eine Welle überkochende Milch ein Schreck; man sah, wie es in ihr dachte; man hörte sie denken, sie glaubte nicht. „Das ist nicht wahr!“ – „Doch, das ist wahr. Nun kommen Sie nur – setzen Sie sich wieder hin … ich werde Ihnen das alles hübsch der Reihe nach übergeben.“ – „Du gehst nach oben!“ herrschte sie das Kind an. „Das Kind bleibt hier“, sagte ich. „Das ist der Brief. Die Unterschrift ist beglaubigt.“ Frau Adriani riß ihn mir aus der Hand.
Dann warf sie ihn der Prinzessin vor die Füße. „Das ist der Dank!“ schrie sie. „Das ist der Dank! Dafür habe ich mich um diesen verwahrlosten Balg gekümmert! Dafür habe ich für sie gesorgt! Aber das … das haben *Sie* der Frau Collin

eingeredet! Sie haben sie aufgehetzt! Sie haben mich verleumdet! Das werde ich ... Raus! Sie ...!" – „Wir nehmen also das Kind gleich mit. Sie werden augenblicklich die Sachen packen lassen und mir die Rechnung übergeben. Dafür bekommen Sie gegen Quittung diesen Scheck. Er ist auf Stockholm ausgestellt." Geld! Geld war im Spiel! Die Frau blendete über und wechselte sofort die Tonlage. Sie sprach viel ruhiger, kälter, sehr fest.
„Die Rechnung kann ich im Augenblick nicht machen. Das Kind hat mir sehr vieles zerbrochen, da sind Schadenersatzansprüche. Selbstverständlich muß bis zum Quartalsende gezahlt werden – das ist so ausgemacht. Selbstverständlich. Und dann muß ich erst zusammenstellen lassen, was hier alles im Haus durch die Schuld dieses Mädchens entzweigegangen ist. Das dauert mindestens eine Woche." – „Sie schreiben mir jetzt eine Quittung über den Scheck aus; er deckt die Kosten bis zum Vierteljahrsschluß, dann bleiben noch zweiundfünfzig Kronen übrig ... über den Rest werden Sie sich mit Frau Collin einigen. Das Kind kommt mit uns mit." Das Kind hatte aufgehört zu weinen, es sah fortwährend von einem zum andern und ließ die Prinzessin keinen Augenblick los, keinen Augenblick.
Frau Adriani sah auf den Scheck, den ich in der Hand hielt. „Mit Geld allein ist die Sache nicht abgetan!" sagte sie. „Immerhin ... Warten Sie." Sie ging. Die Prinzessin nickte befriedigt. Die Frau kam wieder.
„Sie hat den Schrank ruiniert ... sie hat ein Fenster kaputt gemacht; das Fenster war von innen abgeriegelt, sie muß da etwas hinausgeworfen haben ... das macht ... ich habe auch noch eine Wäscherechnung ..." – „Nun ist es genug", sagte ich. „Sie bekommen nun gar nichts, und dann nehmen wir das Kind mit, auch ohne seine Sachen – oder aber Sie schreiben mir eine Quittung über den Scheck aus, und dann liefern Sie uns alle Sachen aus, die dem Kind gehören" – Frau Adriani machte eine Bewegung – „alle Sachen, und dann bekommen Sie Ihr Geld. Nun?"
Sie ringelte sich; man fühlte, wie es in ihr gärte und wallte ... aber da war der Scheck! da war der Scheck! Psychologie ist manchmal sehr einfach. Nein, so einfach war sie doch nicht. Wieviel Stimmlagen hatte diese Frau! Nun legte sie

die letzte Platte auf. Sie begann zu weinen. Die Prinzessin starrte sie an, als hätte sie ein exotisches Fabeltier vor sich.

Frau Adriani weinte. Es klang, als wenn jemand auf einer kleinen Kindertrompete blies, es war mehr eine Art Quäken, was da herauskam, ganz leise, bei völlig trockenen Augen – so machen die kleinen Gummischweinchen, wenn sie die Luft von sich geben und verrunzelnd zusammenfallen. Großaufnahme: „Ich bin eine Frau, die sich ihr Leben erarbeitet hat", sang die Kindertrompete. „Ich habe viele Reisen gemacht und mir Bildung erworben. Ich habe einen kranken Mann; ich habe niemanden, der mir hilft. Ich stehe diesem Haus seit acht Jahren vor – ich bin den Kindern wie eine Mutter, wie eine Mutter .... das Kind ist mir ans Herz gewachsen ... ich habe für dieses Kind ... Scheißbande!" brüllte sie plötzlich.

Es war wie eine Erlösung. Die Vorstellung des Stücks ‚Das gerührte Mutterherz' war so dumm gewesen, es waren die gangbaren Mittel einer Provinz-Hysterika ... daß wir wie von einem Alpdruck befreit waren, als sie mit dem Kraftwort abschloß und in die Realität zurückkehrte, in ihre Wirklichkeit. „So", sagte ich. „Nun gehn wir und packen ein!" Ihr letzter Widerstand flackerte auf. „Ich packe nicht. Gehn Sie selber nach oben und suchen Sie sich ihre Lumpen zusammen. Liegt wahrscheinlich alles durcheinander. Ich suche nicht." Sie knallte auf einen Stuhl. Und sprang gleich wieder auf. „Natürlich lasse ich Sie nicht allein hinaufgehn! Senta! Anna!" Es erschienen zwei Mädchen. Sie sagte zu ihnen etwas auf schwedisch, das wir nicht verstanden. Wir gingen hinauf.

Aus allen Türen sahen Mädchenköpfe, verängstigte, neugierige, aufgeregte Gesichter. Keines sprach; ein Mädchen knickste verlegen, dann andre. Wir standen oben im Schlafzimmer Adas; die vier kleinen Mädchen, die darin waren, drückten sich scheu in einer Ecke zusammen. Wir öffneten den Schrank, und die Prinzessin fragte nach einem Koffer. Ja, das Kind hatte einen mitgebracht, aber der stände auf dem Boden. „Wollen Sie ihn bitte ..." Ein Mädchen ging. Die Prinzessin räumte den Schrank aus. „Das? Das auch?" Mit einem Schwung öffnete sich die Tür, Frau Adriani preschte ins Zimmer. „Ich will genau sehn, was sie mitnimmt! Am Ende eignen Sie sich noch fremde Sachen an!" Eine schlechte Verliererin war sie – wer bleibt anständig, wenn er seine Partie verloren hat. „Sie können alles genau sehn, und im übrigen – Holla!" Sie war auf das Kind zugegangen, das sich duckte. Ich trat mit einem raschen Satz dazwischen. Wir sahen uns einen Augenblick an, die Frau Adriani und ich; in diesem Blick war so viel körperliche Intimität, daß mir graute. Dieser Kampf war der Gegenpol der Liebe – wie jeder Kampf. Und in diesem Blick der Augen öffnete sich mir eine tiefe Schlucht: diese Frau war niemals befriedigt worden, niemals. Durch mein Gehirn flitzte jenes zynische Rezept:

Rp.
Penis normalis
dosim
repetatur!

Aber das allein konnte es nicht sein. Hier tobte der Urdrang der Menschheit: der nach Macht, Macht. Und nichts trifft solch ein Wesen mehr als ein unerwarteter Aufstand. Dann stürzt eine Welt ein. Spartakus ... So viele Kinder litten hier. Ich hätte geschlagen. Sie wich zurück.
Das Mädchen kam mit dem Koffer; wir packten, schweigend. Einmal riß die Frau ein Hemdchen an sich und warf es wieder hin. Das Kind hielt die Hand der Prinzessin. Die Mädchen in ihrer Ecke atmeten kaum. Frau Adriani sah zu ihnen hinüber und ruckte mit dem Kopf, da gingen sie schlurfend zur Tür hinaus. Der Koffer wurde geschlossen. Wir trugen ihn hinunter. Ein Mädchen wollte uns helfen – Frau Adriani verbot es mit einer Handbewegung. Der Koffer war nicht schwer. Das Kind ging eilig mit; es weinte nicht mehr. Ich hörte es einmal tief aufatmen.
„Die Quittung?" Frau Adriani ging auf ihren Tisch zu, schrieb etwas auf ein Blatt und reichte es mir, wie mit der Feuerzange. Um ein Haar hätte sie mir leid getan, aber ich wußte, wie gefährlich dieses Mitleid war und wie verschwendet. Es hätte ihr nicht einmal gut getan, denn von diesem Seelenhonorar kaufte sie sich neue Kulissen, und alles fängt

wieder von vorn an. Ich gab ihr den Scheck. Ich sah auf ihr Gesicht. Der Vorhang war heruntergelassen – jetzt wurde nicht mehr gespielt. Das Stück war aus.
Langsam gingen wir aus dem Hause, in dem das Kind so viel gelitten hatte.
Keiner von uns sah mehr zurück. Die Haustür wurde geschlossen.

2

Der letzte Urlaubstag …
Ich bin schon für die Reise angezogen, zwischen mir und dem Mälarsee ist eine leise Fremdheit, wir sagen wieder Sie zueinander.
Die langen Stunden, in denen nichts geschah; nur der Wind fächelte über meinen Körper – die Sonne beschien mich …
Die langen Stunden, in denen der verschleierte Blick ins Wasser sah, die Blätter zischelten und der See plitschte ans Ufer; leere Stunden, in denen sich Energie, Verstand, Kraft und Gesundheit aus dem Reservoir des Nichts, aus jenem geheimnisvollen Lager ergänzten, das eines Tages leer sein wird. „Ja“, wird dann der Lagermeister sagen, „nun haben wir gar nichts mehr …“ Und dann werde ich mich wohl hinlegen müssen.
Da steht Gripsholm. Warum bleiben wir eigentlich nicht immer hier? Man könnte sich zum Beispiel für lange Zeit hier einmieten, einen Vertrag mit der Schloßdame machen, das wäre bestimmt gar nicht so teuer, und dann für immer: blaue Luft, graue Luft, Sonne, Meeresatem, Fische und Grog – ewiger, ewiger Urlaub.
Nein, damit ist es nichts. Wenn man umzieht, ziehen die Sorgen nach. Ist man vier Wochen da, lacht man über alles – auch über die kleinen Unannehmlichkeiten. Sie gehen dich so schön nichts an. Ist man aber für immer da, dann muß man teilnehmen. „Schön habt ihr es hier“, sagte einst Karl der Fünfte zu einem Prior, dessen Kloster er besuchte. „Transeuntibus!“ erwiderte der Prior.
„Schön? Ja, für die Vorübergehenden.“
Letzter Tag. So erfrischend ist das Bad in all den Wochen

nicht gewesen. So laut hat der Wind nie geweht. So hell hat die Sonne nie geschienen. Nicht wie an diesem letzten Tag. Letzter Tag des Urlaubs – letzter Tag in der Sommerfrische! Letzter Schluck vom roten Wein, letzter Tag der Liebe! Noch einen Tag, noch einen Schluck, noch eine Stunde. Noch eine halbe ...! Wenn es am besten schmeckt, soll man aufhören.

„Heute ist heute“, sagte die Prinzessin – denn nun stand alles zur Abfahrt bereit: Koffer, Handtaschen, der Dackel, der kleine Gegenstand und wir. „Du siehst aus!“ sagte Lydia, während wir gingen, um uns von der Schloßfrau zu verabschieden, „du hast dir ja woll mitn Reibeisen rasiert! Keinen Momang kann man den Jung allein lassen!“ Ich rieb verschämt mein Kinn, zog den Spiegel und steckte ihn schnell wieder weg.

Großes Palaver mit der Schloßfrau. „Tack ... danke ...“ und: „Herzlichen Dank ... Tack so mycket ...“ und „Alles Gute!“ – es war ein bewegtes und freundliches Hin und Her. Und dann nahmen wir Ada an die Hand, jeder griff nach einer Tasche, da stand der kleine Motorwagen ... Ab.

„Urlaub jok“, sagte ich. Jok ist türkisch und heißt: weg. „Du merkst auch alles“, sagte die Prinzessin und kämmte das [illegible]. „Lydia, ich hätte nie geglaubt, daß du so eine nette dermama abgeben kannst! Sieh mal an – was alles in dir ckt!“ – „Ich bin Sie nämlich eine Zwiebel!“ sagte die inzessin und enthüllte damit, vielleicht ohne es zu wissen, as Wesen aller ihrer Geschlechtsgenossinnen.

Und dann fing das Kind langsam, ganz langsam und stokkend, an zu erzählen – wir drängten es nicht, erst wollte es überhaupt nicht sprechen, dann aber sprach es sich frei, man merkte, es wollte erzählen, es wollte alles sagen, und es sagte alles:

Den Krach mit Lisa Wedigen und das Blatt vom Kalender; die dauernden Strafen und die Glockenblumen unter dem Kopfkissen und sein Spitzname ‚Das Kind‘; der kleine Will und Mutti und was der Teufelsbraten sich alles ausgedacht hatte, um die Mädchen zu tyrannisieren, und Hanne und Gertie und das Essen im Schrank und alles.

Es ging ein bißchen durcheinander, aber man verstand doch, worauf es ankam. Und ich nannte den kleinen Gegenstand

nunmehr Ada Durcheinander, und die Prinzessin bemutterte und bevaterte das Kind zu gleicher Zeit, und ich schlug vor, sie solle dem Kind die Brust geben, und dann brach ein wilder Streit darüber aus, welche: die linke oder die rechte. Und so kamen wir nach Stockholm.
Und fuhren zurück nach Deutschland.
Berlin streckte die Riesenarme und langte über die See ...
„Wir müssen der Frau Kremser telegrafieren", sagte die Prinzessin, „sicher ist sicher. Junge, haben wir uns gut erholt! Was möchtest du denn?" Das Kind hatte ein paarmal vor sich hingedruckst, hatte angesetzt und wieder abgesetzt. „Na?" – Nein, aufs Töpfchen mußte sie nicht. Sie wollte etwas fragen. Und tat es.
„Sind Sie Landstreicher?" Wir sahen uns entgeistert an. „Die Frau Adriani hat gesagt ..." Es stellte sich heraus, daß die Frau Adriani uns dem Kind als passionierte, ja professionelle Landstreicher hingestellt hatte – „diese Landstreicher da draußen, die nicht mal verheiratet sind!" –, und das Kind, das jetzt völlig aufgetaut war, wollte nun alles wissen; ob wir Landstreicher wären, und was wir denn da anstrichen ... und ob wir schon mal verheiratet gewesen wären und warum nun nicht mehr, und dann mußte es aufs Töpfchen, und dann brachten wir es zu Bett. Ich ertappte mich dabei, ein wenig eifersüchtig auf das Kind gewesen zu sein. Wer war hier Kind? Ich war hier Kind. Nun aber schlief es, und Lydia gehörte mir wieder allein.
„Bist du verheiratet?" fragte die Prinzessin. „Na, das hat noch gefehlt!" – „Alte", sagte ich. „Nein, wir Landstreicher, wir sind ja nicht verheiratet. Und wenn wir es wären ... Fünf Wochen, das ginge gut, wie? Ohne ein Wölkchen. Kein Krach, keine Proppleme, keine Geschichten. Fünf Wochen sind nicht fünf Jahre. Wo sind unsre Kümmernisse?" – „Wir haben sie in der Gepäckaufbewahrungsstelle abgegeben ... das kann man machen", sagte die Prinzessin. „Für fünf Wochen", sagte ich. „Für fünf Wochen geht manches gut, da geht alles gut." Ja ... vertraut, aber nicht gelangweilt; neu und doch nicht zu neu – frisch und doch nicht ungewohnt: scheinbar unverändert lief das Leben dahin ... Die Hitze der ersten Tage war vorbei, und die Lauheit der langen Jahre war noch nicht da. Haben wir Angst vor dem Gefühl? Manch-

mal, vor seiner Form. Kurzes Glück kann jeder. Und kurzes Glück: es ist wohl kein andres denkbar, hienieden.
Wir rollten in Trelleborg ein. Es war spät abends; die weißen Bogenlampen schaukelten im Winde, und wir sahen zu, wie der Wagen auf die Fähre geschoben wurde. Das Kind schlief schon.
Ein großer Passagierdampfer rauschte durch das Wasser in den Hafen. Alle Lichter funkelten: vorn die Schiffslaternen, oben an Masten kleine Pünktchen, alle Kammern, alle Kajüten waren hell erleuchtet. Er fuhr dahin. Musik wehte herüber.

Whatever you do –
my heart will still belong to you –

Eine Welle Sehnsucht schlug in unsere Herzen. Fremdes erleuchtetes Glück – da fuhr es hin. Und wir wußten: säßen wir auf jenem Dampfer und sähen den erleuchteten Zug auf der Fähre, wir dächten wiederum –: da fährt es hin, das Glück. Bunt und glitzernd fuhr das große Schiff an uns vorüber, mit den Lichtpünktchen an seinen Masten. Die schwitzenden Stewards sahen wir nicht, nicht die Reeder in ihren Büros, nicht den zänkischen Kapitän und den magenkranken Zahlmeister ... natürlich wußten wir, daß es so etwas gibt – aber wir wollten es jetzt, in diesem einen Augenblick, nicht wissen.

Whatever you do –
my heart will still belong to you –

Unsre Herzen fuhren ein Stückchen mit.
Dann stand unser Wagen auf der Fähre. Das Schiff erzitterte leise. Die Lichter an der Küste wurden immer kleiner und kleiner, dann versanken sie in der blauen Nachtluft.
Wir standen an Deck. Die Prinzessin sog den salzigen Atem des Meeres ein. „Daddy – ich bedanke mich auch schön für diesen Sommer!“ – „Nein, Alte – ich bedanke mich bei dir!“ Sie sah über die dunkle See, „Das Meer ...“, sagte sie leise, „das Meer ...“ Hinter uns lag Schweden, Schweden und ein Sommer.

Später saßen wir im Speisesaal in einer Ecke und aßen und tranken. „Auf den Urlaub, Alte!“ – „Auf was noch?“
„Auf Karlchen!“ – „Hoch!“
„Auf Billie!“ – „Hoch!“
„Auf die Adriani!“ – „Nieder!“
„Auf deinen Generalkonsul!“ – „Mittelhoch!“
„Das sind alles keine Trinksprüche, Daddy. Weißt du keinen andern? Du weißt einen andern. Na?“
Ich wußte, was sie meinte.
„Martje Flor“, sagte ich. „Martje Flor!“
Das war jene friesische Bauerntochter gewesen, die im Dreißigjährigen Krieg von den Landsknechten an den Tisch gezerrt wurde; sie hatten alles ausgeräubert, den Weinkeller und die Räucherkammer, die Obstbretter und den Wäscheschrank, und der Bauer stand daneben und rang die Hände. Roh hatten sie das Mädchen herbeigeholt – he! da stand sie, trotzig und gar nicht verängstigt. Sie sollte einen Trinkspruch ausbringen. Und warfen dem Bauern eine Flasche an den Kopf und drückten ihr ein volles Glas in die Hand.
Da hob Martje Flor Stimme und Glas, und es wurde ganz still in dem kleinen Zimmer, als sie ihre Worte sagte, und alle Niederdeutschen kennen sie.
„Up dat es uns wohl goh up unsre ohlen Tage –!“ sagte sie.